온후 판타지 장편소설
WISHBOOKS FANTASY STORY

전장의 화신

전장의 화신 1

온후 판타지 장편소설

초판 1쇄 찍은 날 | 2017년 3월 6일
초판 1쇄 펴낸 날 | 2017년 3월 13일

지은이 | 온후
펴낸이 | 예경원

기획 | 위시북스
편집책임 | 박우진
편집 | 이즈플러스

펴낸곳 | 예원북스
등록번호 | 제396-2012-000132호
등록일자 | 2012. 7. 25
KFN | 제1-077호

주소 | 경기도 고양시 일산동구 호수로 646-24 위너스21 II 빌딩 206A호 (우)10401
전화 | 031-819-9431 팩스 | 031-817-9432
E-mail | yewonbooks@naver.com

ISBN 979-11-6098-100-1 04810
　　　979-11-6098-099-8 (set)

온후 판타지 장편소설

WISHBOOKS FANTASY STORY

전장의 화신

전장의
화신

CONTENTS

프롤로그

화르륵!

숲이 불탔다.

세상 아래 존재하는 인간이라면 누구라도 죽일 수 있다던 살수림(殺樹林)의 본거지였다.

쿨럭!

숲의 외곽에서 하반신을 잃은 남자가 몸부림을 치고 있었다.

피를 토하며 그가 무영의 발을 잡곤 외쳤다.

"대체, 대체 무엇 때문에 살수림을 지웠단 말이냐? 40년간 몸담고 이미 수천에 달하는 사람을 죽였으면서, 왜 이제 와서야!"

피에 절은, 검은 장포를 입은 남자.

무영은 가만히 그를 내려다보곤 말했다.

"우린 처음부터 없었던 자들이 아닌가?"

세상 뒤에 존재하는 집단.

그것이 살수림이다.

결코 양지로 나올 수 없기에 그들은 존재하지 않는다.

어차피 없던 이들이 사라지는 것이다. 이상할 건 없었다.

이윽고 주변이 조용해졌다. 발목을 붙잡은 남자, 살수림의 수장이 숨을 멈췄기 때문이다.

지천에 널린 수백의 시체를 바라보며 무영은 생각했다.

'내게 선택지가 주어졌다면…… 나는 다른 삶을 살 수 있었을까?'

너무 많이 죽였다.

죽지 않아도 될 자들이 이 손에 의해 피를 흘렸다.

다른 삶을 사는 건, 아마도 불가능할 테지.

이만한 피 냄새를 풍기며 누군가와 어울려 가는 삶은 상상조차 힘들었다.

툭!

무영은 양쪽 무릎을 꿇었다.

전신의 곳곳에 구멍이 숭숭 뚫려 있었다.

여태껏 죽지 않은 게 신기할 양의 피가 땅을 타고 흘렀다.

제아무리 무영이 살수림 최고 수준의 훈련을 받았다 해도, 삼백에 달하는 실력자와 수장을 암살하는 일은 벅찰 수밖에 없었던 것이다.

'전부⋯⋯ 끝났다.'

모든 게 끝났다고 생각하니 허망해졌다.

진짜 이름은 물론, 웃는 법조차 이제는 희미하기만 하다.

하나 40년 전까지 무영은 지구의 평범한 대학생이었을 따름이다.

이곳, 마계로 소환되며 모든 게 바뀌었다.

마계.

72권좌의 마신이 지배하는 지옥과 같은 대지.

지구의 사람들은 조금씩 마계로 흘러들어 왔다.

마치 수도를 틀 듯 처음엔 미미했으나 점차 그 수가 많아졌다.

무영도 그중 하나였다.

그러나 마계엔 온갖 괴물이 판을 쳤다.

'시련'이라는 이름 아래에 인류는 항상 시험을 받았다.

심지어, 같은 인간도 쉽사리 믿을 수가 없었다.

오래전부터 자리 잡고 있던 인류의 기득권층부터가 생명을 초개처럼 알았던 것이다.

그 작은 기득권을 지키고자 살수림과 같이 살인을 전문으로 하는 곳까지 만들어낼 지경이었으니.

무영은 마계에 들어오고 얼마 안 돼 살수림에 납치당했다.

이후 정신 개조와 약물 등으로 지배받으며 사람을 죽여왔다.

어쩌면 인류의 희망이 되었을지도 모르는 자들이 그렇게 죽어갔다.

비록 한참 전 금제가 모두 사라졌음에도, 무영은 사람을 죽이는 데 더 이상 양심의 가책을 느끼지 않았다.

어울리며 살아가기엔 너무 멀리 와버린 것이다.

하지만 그 길도 이제는 끝이다.

무영은 고개를 들고 억지로 입가를 비틀었다.

누군가가 보면 기괴하다고 할 그런 웃음.

"이런 하늘을 보는 것도 마지막이겠군."

가만히 올려다 본 하늘은 더할 나위 없이 맑았다.

1장
푸른 사원

"허억!"

무영은 눈을 떴다.

전신에 식은땀이 가득했다.

땀을 훔치며 숨을 크게 들이마셨다.

후욱! 후욱!

그러다가 이상함을 느낀 무영이 살짝 이맛살을 구겼다.

'어떻게 숨을 쉴 수가 있는 거지?'

분명히 살주를 죽인 뒤 자신도 죽었다.

심장이 멈추는 것을 자각하며 눈을 감았다.

'살아…… 있는가?'

한데 지금 느껴지는 이 생생함은 무어란 말인가?

신의 경지에 다다른 치료사가 와도 어쩌지 못할 중상이었다.

죽음은 확정이었던 셈이다.

하지만 죽지 않았다.

멈춘 줄 알았던 심장이 어느 때보다 격렬하게 뛰고 있다.

후각과 청각, 촉각, 미각, 시각, 모든 오감 또한 정상이다.

이상한 점은 그뿐만이 아니었다.

'굳은살 한 점 없구나.'

무영은 즉시 손을 들어 살폈다.

40년간 무기를 다루며 거칠게 박인 굳은살이 하나도 보이지 않았다.

신체 곳곳에 뚫린 상처도 모두 정상으로 돌아왔다.

'모든 게 백지화됐다.'

그동안 익힌 모든 것이 아예 없었던 것처럼 사라졌다.

천하의 무영조차도 조금은 당황할 수밖에 없었다.

'돌아온 건가?'

꿈은 아니다. 현실과 꿈을 구분하지 못할 만큼 무영은 어수룩하지 않다.

그러나 사실이라면 더더욱 믿기지 않았다.

시간 회귀라니.

고개를 돌려 주변을 둘러봤다.

넓은 사원.

반쯤 무너진 폐허와 같은 곳.

가파른 절벽이 있고 하늘이 묘한 붉은색을 띠었다.

주변엔 아무도 없었다.

하지만 이곳이 어디인지는 알 것 같았다.

'푸른 사원.'

어렴풋이 떠오르는 기억이지만 40년 전, 막 마계로 강제 소환당했을 때의 모습이었다.

푸른 사원은 지구에서 막 전이당한 사람들이 당도하는 곳.

'왜 나 혼자 있는 거지?'

40년 전.

무영은 50명에 가까운 인원과 함께 눈을 떴다.

동시에 '시련'이 시작되며 괴물들과 사투를 벌였다.

무영은 자리에서 일어났다.

천천히 발걸음을 옮기며 사원을 점검했다.

사람은커녕 괴물의 기척도 느껴지지 않았다.

'분명히 기억 속의 그 장소가 맞을진대.'

무영은 사원의 벽 쪽을 바라봤다.

벽엔 여러 종류의 무기가 꽂혀 있었다.

그중 검 한 자루를 꺼냈다.

손에 쥐어 확인하자 관련된 정보가 떠올랐다.

명칭: 힘의 시미터

등급: E

분류: 장착형

내구: 300

효과: 힘+1

초보자용치곤 나쁘지 않은 검이다.

이 역시 기억 속과 같았다.

〈무기를 가장 먼저 들었습니다.〉

〈솔로몬의 율법에 따라 가장 먼저 시련을 완료한 사람에게 '가죽 갑옷'을 드립니다.〉

"……?"

시련을 해결하면 이와 비슷한 문구가 뜨게 마련이다.

하지만 이러한 시련은 보통 '경쟁'을 중심으로 한다.

주변엔 아무도 없었고, 무영은 그저 느긋하게 검을 쥐었을 뿐인데 보상을 얻었다.

곧 허공에 가죽으로 만들어진 갑주 하나가 생겨났다.

무영은 가죽 갑옷을 주섬주섬 챙겨 입었다.

'다른 이들이 소환되기 전으로 돌아온 모양이군.'

솔로몬의 율법, 힘의 시미터 등등 모든 게 그대로였다.

다만 40년 전 무영은 정신을 잃었다가 깨어났다.

어쩌면 처음부터 누구보다 빨리 소환되었을지도 모르는 일이었다.

'괴물들이 쳐들어오기 전. 사람들이 소환되기 이전……'

경쟁자가 없다.

목숨을 노리는 괴물도 없다.

하지만 보상은 그대로다.

'일단 나머지 것들부터 챙겨야겠군.'

기억만 잘 되살린다면 여기는 노다지다.

〈사원에 묻힌 '상처 치유 물약'을 손에 넣었습니다.〉

〈사원의 모든 촛불을 켰습니다.〉

〈솔로몬의 율법에 따라 가장 먼저 시련을 완료한 사람에게 '낡은 손목보호대'를 드립니다.〉

〈사원의 어질러진 비석을 맞춰 비밀을 풀어냈습니다.〉

〈솔로몬의 율법에 따라 '솜털처럼 가벼운 장화'를 드립니다.〉

〈사원의……〉

무영의 움직임은 거침이 없었다.

덕분에 이곳에서 생활하는 데 가장 중요한 장비 등을 차례대로 구했다.

'시련은 빠르게 해치우는 게 좋지.'

본래는 경쟁을 통해야 하지만 어쨌든 빠르게 해치우면 이처럼 추가 보상을 얻을 수 있다.

마계는 온갖 괴물이 넘실거린다.

평범한 인간은 살아갈 수 없다.

그래서 나타난 게 '솔로몬의 율법'이었다.

마계는 '레메게톤'에 봉인되어 있던 72권좌의 마신이 깨어
나며 만들어졌다.

바알, 아가레스, 아몬 등과 같은, 그야말로 극강이라 칭할
수 있을 괴물들.

본래 레메게톤에 72마신을 봉인했던 솔로몬은 이런 상황
조차 예상하여, 72마신에게 대항할 힘을 얻게 하고자 인간의
희망으로써 '솔로몬의 율법'을 억지로 구겨 넣은 것이었다.

'하지만 진짜 적은 같은 인간이었지.'

무영이 했던 일 자체가 그러했다.

싹수가 보이는 자. 자신에게 방해가 되리라 여겨지는 자는
살수림에 의뢰해 제거했다.

그 작은 기득권 때문에 시야가 마비된 것이다.

지금이 40년 전이니, 앞으로 10여 년 후 지구의 모든 인간
이 소환되는 '대혼돈'이 일어나면 마신들이 본격적으로 움직
이기 시작할 터.

하지만 기득권을 지키려는 자들은 자신이 가진 강자를 잃
는 걸 두려워해 전력을 숨겼고, 결국 각개격파 당한다.

그럼에도 살수림을 이용하는 손님은 줄질 않았다.

무영이 살수림을 지운 시점에선 이미 인류의 패배가 확정되어 있었다.

〈하루 만에 열 개의 시련을 완료했습니다.〉
〈'초보자의 행운(모든 능력치+2)' 축복이 부여됩니다. 축복은 일주일간 지속됩니다.〉

'이런 것도 있었군.'
무영은 고개를 끄덕였다.

하기야 하루 만에 열 개의 시련을 완료하는 사람이 어디 있겠는가.

슝! 슈슈슝!
무영은 시선을 돌렸다.

사원 쪽에 이변이 생겼다.

수십 갈래의 푸른빛이 하늘에서 내려온 것이다.

'드디어 소환되었나.'
장장 무영이 돌아오고 반나절 만이다.

무영이 사원으로 들어서자 50명에 가까운 인원이 그곳에 있었다.

"여, 여기가 어디야?"

"난 분명히 회사에서 일하는 중이었는데?"

"엄마, 엄마!"

가지각색의 사람들.

아이부터 어른까지 다양했다.

무영은 이런 광경을 본 적이 있었다.

당시 펼쳐진 지옥도는 머릿속에 깊숙이 박혀 있었다.

'푸른 사원은 모든 이가 거쳐가는 곳이다.'

반쯤 무너진 사원.

지구에서 막 소환당한 사람들이 도착하는 장소.

이곳에서 한 달 동안 생존해야 마계로 나아갈 수 있었다.

〈무기를 드세요.〉

"응?"

"무기를 들라는데?"

"씨발! 뭐라는 거야!"

눈앞에 생겨난 글귀.

사람들이 아직도 혼란스러운 가운데, 누군가가 벽에 걸린 무기를 들었다.

하지만 아무런 변화도 없자 고개를 갸웃했다.

"뭐야? 들라고 해서 들었는데 뭐 어쩌라고?"

본래라면 가장 먼저 무기를 든 보상으로 가죽 갑옷을 얻어야 했다.

하지만 그 보상은 무영이 받은 뒤다.

당연히 변화가 일어날 리 없었고, 이에 의아함을 느낀 것이다.

그러자 자연스럽게 모두의 시선이 무영에게 닿았다.

처음부터 무장을 하고 있던 사람.

같이 있던 게 아니라 바깥에서 왔다.

"저, 저기요! 누구십니까? 여긴 어디고요?"

"무기를 들어라."

무영은 짧게 말했다.

마지막 충고다. 사람들이 소환되었다면 시간이 없다.

곧 놈들이 올 터.

끼리릭!

끼익! 끼익! 끼이익!

〈화수리 100마리를 죽이세요.〉

〈많이 죽인 순위에 따라 보상이 주어집니다.〉

〈또는 화수리들이 배를 채울 때까지 기다리세요.〉

〈배가 부른 화수리들은 원래 있던 장소로 돌아갈 것입니다.〉

무영의 예상대로였다.

사원의 문을 넘어 하늘을 바라보자 2m 크기의 거대한 새가 천천히 이쪽을 향해 다가왔다.

꼬리 부분이 항상 불타고 있다 하여 화수리라고 불리는

괴물.

놈들은 길고 뾰족한 부리로 인간의 내장을 뽑아 먹는다.

족히 백 마리는 되어 보이는 화수리가 바닥에 착지했다.

'시작됐군.'

무영은 침착하게 주변을 살폈다.

"꺄아악!"

"저, 저게 뭐냐고!"

거침없이 사원으로 들어온 화수리가 인간을 습격했다.

이상을 느끼고 재빨리 무기를 든 사람은 고작 다섯 명.

"끄어억……."

무방비로 앞에 서 있던 덩치 큰 남자가 가장 먼저 먹잇감이 되었다. 화수리의 부리에 의해 목이 꿰뚫리며 절명한 것이다. 이후 3마리의 화수리가 남자의 내장을 뽑아 먹으며 회식을 벌였다.

"사, 살려줘!"

"제발!"

아비규환.

지옥도가 펼쳐졌다.

'차라리 여기서 죽는 편이 축복이라 여겨질 수도 있다.'

무영은 냉정했다.

이런 시련조차 견디지 못한다면, 마계에서 더욱 끔찍하게 죽어 나갈 것이었기에.

어설픈 동정으로 이들을 살린대도 오래 가지 못한다.

끝까지 책임질 생각이 아니라면 놔두는 게 맞다.

게다가 백지로 돌아온 지금의 몸 상태로는 100마리의 화수리를 전부 당할 수 없었다.

그나마 희망적인 관측은 보상을 미리 얻었다는 것.

그리고 과거의 경험이 누적되어 있다는 것이었다.

아니었다면 스스로의 목숨을 돌보기 바빴으리라.

'화수리는 동시에 두 가지 행동을 못 하지.'

특히 무언가를 먹을 때 주변을 신경 쓰지 못한다.

화수리를 물리치려면 필연적으로 몇 명의 희생이 필요했다.

'배가 부르면 돌아갔다가 모두 죽을 때까지 계속해서 올 터.'

문구를 곧이곧대로 믿어선 안 된다. 돌아간다고 했지만 결국 다시 온다.

놈들을 모두 죽이기 전까지 목숨의 위협을 받을 것이다.

무영은 시련을 길게 끌 생각이 티끌만큼도 없었다.

스걱!

다가오는 화수리의 목을 잘라냈다.

끼리리릭!

동료가 죽어서 분노하는 걸까?

'그럴 리가.'

놀랍게도 몇몇 화수리가 목이 잘려 죽은 화수리의 내장을 뽑아 먹기 시작했다.

배가 고프면 동족상잔도 마다하지 않는 놈들.

지금은 굶주림이 최고조에 달한 상태다. 때문에 화수리 자체는 상대하기 어렵지 않았다.

혼자서는 힘들겠지만 주변에 먹이야 널렸으니 화수리가 먹을 것에 집중하는 사이 한 마리씩 없애면 된다.

"이대로 당하고만 있을 겁니까?"

"목, 목입니다. 목을 노립시다!"

모두가 패닉에 빠진 상황.

다행히 정신이 깬 사람이 있긴 있었나 보다.

무영의 행동을 유심히 지켜보다가 사람들을 인솔하기 시작한 것이다.

처음 무기를 들었던 다섯 명이 벽에 걸린 무기장 쪽으로 사람들을 인도했다.

하지만 아예 움직이지 않는 자들도 있었다.

"배가 부르면…… 돌아간다잖아."

"나, 난, 못해. 안 해."

잔뜩 겁을 먹고 움츠린 사람들이었다.

하지만 무기를 들지 않으면 화수리의 표적이 된다는 걸 저들은 알까?

'내게 선택지가 주어졌다면 다른 삶을 살 수 있었을까.'

언제나 생각했다.

살수가 아닌 다른 삶을 사는 자신을 그렸다.

결코, 이뤄질 리 없는 꿈.

그런데 기적이 일어났다. 과거로 돌아오며 선택지가 생겨 난 것이다.

'적어도 전처럼 이용당하며 살지는 않아.'

누군가를 대신해서 움직이는 건 이제 지긋지긋하다.

스걱!

시미터가 피에 절었다.

백 마리에 달하는 화수리가 사원 바닥에 늘어져 있었다.

"이게 대체 뭐냐고!"

"씨발, 씨발, 씨발."

"으어어엉, 엄마!"

울음소리와 욕지기가 이곳저곳에서 난무했다.

화수리를 모두 죽였지만 사람도 많이 죽었다.

무영을 포함한 51명이 사원에 도착했지만 지금 살아 있는 인원은 38명뿐이다.

13명이 화수리와의 싸움으로 죽어 나간 것이다.

'검이 무뎌졌다. 과거로 돌아온 영향인가?'

하지만 무영은 그들의 생존과 죽음에 전혀 관심이 없었다.

살아남은 이들은 계속해서 시험을 받을 것이고, 그 과정에서 앞으로도 숱하게 죽어 나갈 터였다.

오로지 싸울 준비가 되어 있는 자만이 이곳을 통과할 수 있었다.

무영은 방금 전의 전투를 복기하는 데 온 정신을 쏟았다.

'동작에 군더더기가 많다. 줄여야겠군.'

움직임의 최소화를 위해 근육이나 골격을 새로이 만들어야 했다.

그러기 위해선 수련뿐이다.

한 달 동안 그 과정을 해나갈 생각이었다.

〈솔로몬의 율법에 따라, 생존자 전원에게 '상태창 시계'를 드립니다.〉

왼쪽 팔목에 특이한 형태의 손목시계가 형성되었다.

오망성 모양의, 시간은 전혀 표시되지 않은 시계다.

〈'상태창 시계'에는 신체의 객관적인 정보와 사용자의 대략적인 역사(History)가 기록되어 있습니다.〉

〈한 번 켤 때마다 업데이트되며, 그 기록은 영구히 저장됩니다.〉

〈상대방의 시계를 갈취하여 보는 것도 가능하니 잃지 않도록 주의를.〉

상태창 시계는 중요하다.

극도로 믿는 이가 아니라면, 절대로 보여선 안 될 물건이다.

시계를 잃어버리면 다른 사람의 것을 빼앗아서 덮어씌우는 게 가능하긴 하지만, 대신 그전까지 연계했던 업적 같은 경우를 포기해야 했다.

그러니 어지간하면 안 잃어버리는 게 좋다.

무영은 암살한 대상의 시계를 훔쳐 본 기억이 많았다. 왜인지는 모르겠지만 상태창 시계를 모으는 게 유일한 취미였을 정도다.

덕분에…… 누구보다 많은 정보를 가지고 있었다.

불가능 판정을 받은 대상도 몇 번이나 암살하곤 했으니까.

시계의 왼쪽에 뭉툭하게 튀어나온 부분을 돌리자 착용자에게만 보이는 홀로그램이 떠올랐다.

〈능력치창〉

〈스킬창〉

〈히스토리〉

〈기타〉

가장 먼저 능력치창을 살폈다.

그러자 홀로그램이 바뀌며 다른 글귀가 나타났다.

전승 효과 -〉 없음

직업 효과 -〉 없음

힘 13(10+3)

민첩 15(13+2)

체력 11(9+2)

지능 11(9+2)

지혜 10(8+2)

특이사항 : 없음

언뜻 보면 평범하기 짝이 없는 능력치.

하지만 초보자의 행운으로 모든 능력치에 2가 더해졌다.

단일로는 2지만 다 합치면 무려 10이다.

단순히 생각해도 20%가량 강해진 것이다.

지속 시간은 고작 일주일이지만 일주일 안으로 가장 많은 희생자가 나온다는 걸 생각하면 더할 나위 없는 축복이다.

초반부를 이끌어 나가는 데 큰 도움을 줄 터.

거기에 힘의 시미터를 착용해서 힘이 1 더 추가된 상황이다.

물론 과거와 비교하면 초라하기 짝이 없는 수치다.

하나 개의치 않았다.

기억을 잘만 되새기면 누구보다 빠른 성장이 가능한 탓이다.

〈다음으로 사냥한 성적을 발표합니다.〉

〈최고 사냥꾼: 무영. 화수리 47마리〉
〈보상 - 물 생성의 법보, 5일 치 식량, 미공개(본인만 확인 가능)〉

〈이등 사냥꾼: 김태환. 화수리 6마리〉
〈보상 - E+급 무구(선택), 4일 치 식량〉

〈삼등 사냥꾼: 오주영. 화수리 4마리〉
〈보상 - 〈보상 - E급 무구(선택), 3일 치 식량〉

'내가 기억하는 이름으로만 나오는 건가……'

무영은 살수림의 훈련생 시절에 부여받은 이름이었다.

대학생이던 과거의 자신은 전혀 다른 이름을 사용했는데, 무수한 세뇌와 약물의 부작용으로 중요한 기억이 날아가 버렸다.

'무영이면 족하다.'

작게 고개를 저었다.

그보단 앞으로의 선택이 중요했다.

무엇을 하느냐. 무엇을 이루느냐.

이름은 부차적인 것이다.

잠시 후 손 위에 세 가지 물건이 생성되었다.

〈'물 생성의 법보'와 '5일 치 식량', 추가 보상 '파라노말'을 획

득했습니다.〉

〈히스토리에 '첫날, 최고 사냥꾼'이 추가되었습니다.〉

법보는 온갖 물질과 이능이 담긴 부적이었다.

레메게톤의 봉인이 풀리며 72마신만 나타난 게 아니다.

세상을 아우르는 몇 가지 규칙이 수정되고 곳곳에 법보와 같은 것들이 생성되었다.

솔로몬이 남겨놓은 안배.

72마신이 깨어나면 그들에 대항할 힘을 얻게 하고자 억지로 구겨 넣은 인류의 희망!

'첫 소득이 나쁘진 않군.'

물 생성의 법보는 앞으로도 상당한 도움이 될 것이다.

푸른 사원뿐만이 아니라 마계에서도 깨끗한 물을 구하기는 아주 힘든 일.

무영이 노란색의 부적을 집중해서 바라보자 그와 관련된 정보가 떠올랐다.

명칭: 물 생성의 법보

등급: D

분류: 지속형

효과: 매일 10L의 물을 생성 가능.

10L라는 제한이 있지만 혼자서 마시기엔 넘치는 양이다.

모든 물건의 등급은 EX, S, A, B, C, D, E, F의 순서로 좋다.

D급이면 초반에 얻을 수 있는 최상의 물건. 하물며 법보라.

5일 치 식량은 작은 상자에 담겨서 나타났다.

안에는 보존 마법이 걸린 빵이 들어 있었다.

무영은 추가 보상 쪽으로 시선을 옮겼다.

'파라노말. 마법이 걸린 장신구…… . 푸른 사원에서 이런 것도 얻을 수 있던가?'

파라노말은 붉은색의 반지였다.

〈장신구 정보〉

명칭: 파라노말

등급: D

분류: 장착형

내구: 5회 한정(5/5)

효과: 10분간 모든 능력치+2, 힐링 웨이브, 파이어 볼트 중 한 가지를 택해 사용할 수 있게 해주는 반지.

떠오른 정보를 보며 고개를 주억거렸다.

사용하기에 따라서 상당한 변수로 작용할 물건이었다.

위험 상황에서 회심의 일격쯤은 될 수도 있을 터다.

무기보다 쓸 만한 장신구 구하기가 더 어렵다는 걸 감안했을 때 지금으로선 대단한 보물과 같았다.

즉시 왼쪽 손에 착용하자 사람들이 다가왔다.

"저기요."

여자 둘과 남자 다섯.

그중 가장 앞선 청년이 말했다.

'벌써 그룹을 이뤘군.'

칭찬해 줄 만한 행동력이었다.

본능적으로 뭉쳐야 살 수 있다는 걸 인지하곤 이 청년이 끌어들인 것일 터다.

"꽤 침착하시던데요. 혹시 경험자이십니까?"

"그렇다면?"

"역시! 아, 저는 김태환이라고 합니다. 성함이?"

김태환.

낯이 익다 했더니 2등으로 많은 화수리를 처리한 사람이었다. 꽤 날이 선 롱소드를 가진 걸로 보아 이번 미션의 보상으로 선택한 듯싶었다.

"나 말인가?"

"예, 제 앞에 다른 사람이 있지는 않으니까요."

김태환이 넉살 좋게 웃어 보였다.

하지만 그다지 엮이고 싶은 마음은 들지 않았다.

그래서 짧게 답했다.

"용사."

김태환의 표정이 살짝 굳었다.

아마도 장난을 친다고 생각하는 것이리라.

실제로 진지하게 임해줄 마음이 없기는 했지만 용사라는 단어는 나름 고심해서 꺼낸 결과였다.

과거 무영은 너무나 많은 인명을 죽여왔다.

무영이 죽인 이들 중에는 실로 용사나 영웅이라 칭할 수 있는 사람이 많았다.

예컨대 마룡을 길들인 용군주, 서릿바람의 여왕 강한나 등이 그렇다.

만약 그들이 살아 있었다면 인류는 그토록 쉽게 파멸되지 않았을 것이다.

'그들도 살아 있겠지.'

암살 대상 중에서 가장 고생한 이들이다.

특히 용군주의 경우는 무려 3년이나 걸렸다.

곁에 있는 마룡은 마계에서도 최상위의 괴물이고 그만큼 감지 능력이 뛰어났다.

용군주 자체가 가진 무력도 마계의 인류 중 10위권 안에는 들었기에 사실 3년도 적게 걸린 것이었다.

어쨌든, 저지른 일을 부정하진 않겠지만 다시 한번 해볼 기회가 생겼다.

그렇다면 조금이라도 의미 있는 일을 하겠다고, 무영은 생각했다.

"용사……요. 그럼 성이 뭡니까? 김용사? 박용사?"

저걸 농담이라고 던진 건가?

무영은 몸을 돌렸다.

"성이 용, 이름이 사다."

누가 봐도 명백히 무시하는 태도.

"하하! 재밌으신 분이네요."

하지만 태환은 웃었다.

무영은 나름 감탄했다.

'이놈, 꽤 오래 살아남겠군.'

이런 상황에서도 웃음을 잃지 않는다니.

떠올려 보면 과거 푸른 사원을 나섰던 인물 중 저와 비슷한 청년이 끼어 있는 것 같기도 했다.

그러나 무영은 별 관심이 없었다.

애당초 누군가와 어울릴 수 있는 성격도 아니거니와 시간이 많은 것도 아니었다.

푸른 사원에서 한 달을 어떻게 사용하느냐에 따라 시작점이 갈린다.

제대로 활용하는 자만이 마계에서 살아 나갈 수 있었다.

그리고…… 그래야만 살수림의 손길을 피할 수 있다.

과거처럼 무력하게 납치당하는 건 사양이다.

무영이 매정하게 자리를 뜨자 김태환의 주변에 있던 이들이 노발대발했다.

"저기요!"

"용사? 와, 태환 씨. 저런 사람은 놔둬요."

"맞아. 사람이 기본이 안 됐네."

김태환이 무영을 따라가려고 하자 같은 그룹의 사람들이 막아선 것이다.

아무래도 김태환을 중심으로 똘똘 뭉치자고 무언의 합의를 한 모양이었다.

게다가 극에 몰린 상황이었다.

증오할 사람도 필요한 법.

그 소란을 들으며 무영은 고개를 저었다.

'모인다고 다 좋은 건 아니야.'

믿지 못한다면, 안 모이느니만 못하다.

실제로 그 거대하던 아홉 개의 길드와 오대세가 중 태반이 내분으로 몰락하지 않았나.

서로 믿지 못하고 종래에는 자신들도 믿지 못하게 됐다.

하물며 만난 지 얼마 안 된 이들에게 신뢰 관계가 형성될 리 만무하다.

날이 지날수록 시련의 강도는 높아지고, 그중에는 바닥을 드러내는 사람도 나타나리라.

그 꼴을 볼 바엔 혼자 행동하는 게 낫다.

'우선 몸을 만들어야 한다.'

지금의 몸 상태는 초라하기 그지없다.

그래선 원하는 걸 얻을 수 없다.

과거 무영이 훔쳐 본 수많은 히스토리 중에는 푸른 사원에서만 존재하는 중요한 것을 얻는 방법도 적혀 있었다.

'시크릿 클래스.'

평범한 사람은 한 개의 클래스를 가지는 게 가능하다.

하지만 무영은 성향이 전혀 다른 네 개의 클래스를 가질 수 있었다.

살주는 그것을 '만능형 특성'이라고 칭했다.

그 덕에 어떠한 변수에서도 자유로이 움직일 수 있었다.

물론 과거에는 살주의 방침에 따라 기본형의 전사, 마법사, 궁수, 사제의 클래스를 가졌지만…… 네 개의 직업을 시크릿 클래스로 채운다면 전천후의 능력자가 완성될 터였다.

시크릿 클래스는 너무 강력하고 위험하기에 솔로몬이 숨겨놓은 직업이었다.

그리고 그중 한 개를 이곳 푸른 사원에서 얻을 수 있었다.

'분명히 네크로맨서가 있었지.'

언데드 군단을 조종하여 인류를 위협한 놈이 있었다.

미치광이 네크로맨서 김길영.

홀로 수천에 달하는 사람을 죽였으며, 죽인 자들을 군세로 부려서 힘을 키웠다.

다수 대 다수의 대결에선 절대적인 우위를 점하는 클래스인 것이다.

하나 놈의 목도 무영이 땄다.

전쟁 도중 극도의 은신술로 다가서서 목을 취했다.

피에 취해 주변을 못 돌아본 놈의 실수였다.

이후 상태창 시계를 빼앗아 히스토리를 본 기억이 있었다.

'먼저 네크로맨서 클래스를 얻는다.'

김길영이 다시 네크로맨서 클래스를 얻게 할 바엔 자신이 가지는 게 백배는 낫다.

툭. 툭.

무영은 푸른 사원의 바깥에 존재하는 허수아비를 때렸다.

하루에 한 번씩 괴물이 쳐들어왔지만 첫날부터 3일이 지난 지금까지 하루도 쉬지 않았다.

"저 사람은 지치지도 않나……."

"하여간 별종이야."

혀를 내두르며 보는 사람도 많았지만 그뿐이다.

무영을 따라서 허수아비를 때리는 사람은 없었다. 괴물의 습격을 막아내는 것만으로도 진이 빠졌기 때문이다.

굳이 몸을 축내면서까지 운동을 하고 싶진 않았다.

무영이 체력을 아끼지 않고 사용하는 게 미련해 보이기까지 했다.

그러면서도 매번 최고 사냥꾼 타이틀을 가져가니 대단하긴 하지만 누구와도 어울리지 않는 탓에 굳이 그것을 띄워주는 사람은 없었다.

오히려 얻은 식량이나 물을 나누지 않고 홀로 소비하는 모습에 아니꼬워하는 이들마저 있었다.

〈허수아비를 열심히 때린 결과 힘이 1 올랐습니다.〉

하지만 무영은 신경 쓰지 않았다.

누군가와 어울리는 것보단 자신이 강해지는 게 먼저였다.

군더더기를 없애고 몸을 만드는 일.

강해질 밑바탕을 만들어주는 것.

무엇보다 그게 급했다.

그리고 나름대로 확신을 가진 채 하는 행동이었다.

'허수아비로 최대 20까지 힘과 체력을 올릴 수 있지.'

마계의 사람이라면 모두 아는 이야기다.

문제는 이곳에 막 도착한 사람들이 그런 정보를 알 리 없다는 것.

정보는 힘이다.

그리고 지금 시점에서 무영은 누구보다 많은 정보를 가지고 있었다.

입으로 말해야 아는 이들이라면 어차피 마계에서 버티지 못한다.

생존을 위해선 빠른 눈치와 일단 부딪치고 보는 행동력, 쉽게 포기하지 않는 끈기가 중요했다.

"대체 이딴 걸 왜 하는 거야?"

"관두자, 관둬. 먹은 것도 얼마 없는데."

바로 옆에서 무영의 행동을 잠시 따라하던 남자들이 혀를 차곤 돌아갔다.

툭! 툭!

무영은 주먹을 놀리는 속도를 높였다.

적어도 만 번 이상은 쳐야 성과가 나오는 일.

자신과의 싸움이었으나 무영에게 이 정도는 아무것도 아니었다.

100명이 들어가면 고작 한두 명만 살아나오는 수준의 살수 수업을 받은 게 무영이었으니.

'최소 힘과 체력이 20은 넘어야 도전할 수 있다.'

시크릿 클래스는 불가능의 벽을 넘어선 자만이 얻을 수 있다.

과거에도 시크릿 클래스를 가진 자는 100명이 넘지 않았다.

하나 그들 모두가 보인 힘은 확실히 상식의 범주를 넘어선 경향이 있었다. 그만한 리스크가 있다고는 들었지만 분명히 탐나는 것이었다.

그리고 시크릿 클래스 '네크로맨서'를 얻으려면 어느 정도 몸을 만들 필요가 있었다.

무영이 시선을 돌렸다.

푸른 사원 주변을 감싼 높은 절벽.

끝없이 펼쳐진 저 어딘가에 둥지가 있다.

절벽에 오르며 온갖 종류의 괴물과 사투를 벌인 뒤 다섯 문지기를 죽여야 네크로맨서 클래스를 얻을 수 있었다.

그러나 지금 상태로는 요원한 일이다.

일단 사원을 벗어나면 놀, 오크는 기본이고, 운이 나쁘면 '자이언트 레오'와 같은 사자형의 포식자와 마주할 수도 있었다.

하물며 다섯 문지기는 초보자가 상대하기에 굉장히 벅찬 상대다.

'힘과 체력, 어느 정도의 무장을 갖춰야 한다.'

매일 한 번씩 사원으로 쳐들어오는 괴물을 죽이면 그 결과에 따라 보상이 주어진다.

특히 10일에 한 번씩 쳐들어오는 보스는 모든 걸 상쇄할 만큼의 보상을 준다.

그만큼 강력하기도 하지만 적어도 첫 보스는 잡은 뒤에 움직이고 싶었다.

"저기요."

그때 무영의 곁으로 여자 두 명이 다가왔다.

약간은 흐트러졌지만 다른 이들에 비해선 제법 행색을 유지하고 있는 모습.

화장을 짙게 한 20대 초반의 대학생들이었다.

그중 무영에게 말을 건 긴 생머리의 여인이 앙증맞게 주먹을 쥐어 보였다.

이후 허수아비를 약하게 때렸다.

"이거 하면 무슨 의미가 있어요?"

훅! 훅!

하지만 무영의 움직임에는 변화가 없었다.

최대한 간결하게 군더더기 없는 동작으로 사선을 그린다.

주먹에 맞은 허수아비가 위태롭게 흔들렸다.

"대답, 안 해주실 거예요?"

여자가 허수아비 바로 옆으로 다가갔다.

슬쩍 눈을 내리깔고 처연한 표정을 지어 보인다.

거기다가 어깨가 드러난 하얀색의 블라우스.

어지간한 남자라면 바로 홀릴 수 있을 정도로 뇌쇄적이었다.

그만한 외모이기도 했고.

실제로 무영을 쳐다보는 몇몇 남자에게서 시샘이 느껴졌다.

"꺼져라."

하지만 무영에게 미인계는 통하지 않았다.

최고의 살수 수업을 받은 무영 앞에서 미인계를 펼치는 것 자체가 재롱과 다를 바 없었다.

하물며…….

마계에서 가장 조심해야 할 것 중 하나가 미인이다.

무영의 매정한 대답에 여자는 자존심에 타격을 받은 듯 잠시 휘청거렸다.

그러면서 약간 고개를 숙이고 인상을 찌푸렸다.

'미친놈! 고자야, 뭐야?'

여자, 김소영에게 이런 취급은 익숙하지 않았다.

다짜고짜 꺼지라고 하는 남자가 그렇게 많을 리는 없으니까.

김소영은 흔히 말하는 대학교 '퀸카'였다.

당연히 손 한 번 잡아보려고 남자가 줄을 섰다.

자신이 예쁜 걸 알고 그만한 가치가 있다고 여겼기에 김소영은 다가오는 남자의 조건을 엄격하게 따졌다.

그중에는 의사, 변호사, 검사도 대수롭지 않게 끼어 있었다.

이런 곳에 떨어지지만 않았어도 지금쯤 고급 레스토랑에서 식사를 하고 스포츠카로 드라이브를 즐기고 있었을 것이다.

한데, 꺼지라니!

고맙다고 눈물을 흘리진 못할망정 말이다.

'그깟 싸움 좀 잘한다고…….'

김소영이 다가온 이유.

마치 한 마리의 고고한 늑대를 보는 것 같았기 때문이다.

기분이 상해서 '그깟'이라는 단어로 비하했지만 사실은 정

반대였다.

지난 3일 동안 하루에 한 번씩 목숨을 위협하는 괴물의 습격을 받았다.

사원 바깥으로 도망가려 해도 더 많은 괴물만 기다리고 있을 뿐.

신체적으로 강하다는 건 지금 상황에서 가장 큰 가치였다. 하물며 진정 늑대를 연상시키듯 눈앞의 남자는 괴물을 '휩쓸고' 다녔다. 누구와도 어울리지 않으며, 특유의 분위기 때문에 누구도 다가가지 못했다.

김소영은 이 남자 정도면 잠깐 어울려 줄 수 있다고 생각했다.

하지만 시작부터 계획이 삐그덕댄 것이다.

오기가 생겼다.

김소영은 고개를 든 뒤 옷매무새를 다잡았다. 이후 꽃처럼 화사하게 웃어 보였다.

"말이 너무 심하세요. 아무리 저라도 상처받는다구요."

무영은 잠시 행동을 멈췄다. 무표정하기 그지없는 표정으로 김소영을 바라봤다.

그것을 '신호'로 읽은 김소영이 재빠르게 말했다.

"여태까지 활약 잘 봤어요. 사람들이 오빠에 대해서, 아, 오빠라고 불러도 되죠? 하여튼 오빠에 대해서 말이 많아요."

은근슬쩍 다가와 살짝살짝 손을 스친다.

이런 스킨십에 넘어가지 않은 남자는 없었다.

'나같이 예쁜 여자가 언제 손이나 잡아줬겠어?'

무영의 생김새는 평범함의 극치를 달렸다. 평소였다면 아무리 스펙이 좋아도 만나주지 않았을 인간형.

꺼지라고 한 것도 자신과 같은 예쁜 여자를 만나보지 못해서라고 김소영은 확신했다.

"싸움을 잘한다, 원래 사원에 살던 사람이다, 그런데 조금 욕심쟁이다. 아, 신경 쓰지 마요. 오빠. 다들 겁쟁이라 오빠한테 대놓고 그런 말을 할 수 있는 사람은 없을 거예요. 그리고 오빠가 그만큼 많은 괴물을 잡았으니까 그만한 보상을 갖는 건 당연한 거 아니겠어요?"

아이 컨택.

최대한 자연스럽게 웃으며 김소영은 무영의 눈을 바라봤다.

그야말로 화룡점정이라 할 수 있는 시도지만 무영의 눈을 바라본 순간 김소영은 살짝 몸을 떨고 말았다.

'사람 눈빛이……!'

아무런 감정이 느껴지질 않았다. 예쁜 여자를 마주하면 으레 남자가 보이는 초점의 떨림조차 없었다.

무저갱과 같이 끝이 안 보이는 깊이.

무어라 설명할 수 없는 전율이 인 것이다.

이윽고 무영이 입을 열었다.

"이야기는 다 끝났나?"

"예? 아, 그, 그래요."

"그럼 꺼져라."

"뭐……라고요?"

퍼억!

무영의 주먹이 허수아비의 얼굴을 때렸다.

동시에 허수아비의 얼굴이 박살 났다.

김소영의 수작은 뻔했고 그런 행동에 시간을 들일 만큼 여유롭지도 않았다.

한 달이 채 남지 않았다.

한 달이란 시간을 모두 채우면 마계로 통하는 게이트가 열린다. 그리고…… 살수림을 비롯한 거대 길드와 오대세가가 그 반대편에 기다리고 있었다.

그들의 수작에 놀아나지 않으려면 조금이라도 힘을 길러야 했다.

"다시 한번 허튼수작을 부리면, 똑같이 만들어주마."

무영이 김소영의 귀에 대고 조용히 말했다.

확실한 충고를 통해 더는 붙지 못하게 할 셈이다.

무영에게 모든 인류를 구원하겠다는 거창한 이상 따윈 없다. 그러한 이상이야말로 오만이고 독선이다.

많은 영웅이 모두를 품으려다가 죽었다.

믿었던 자에게, 혹은 적에게 이용당하고서 버려졌다.

무영은 다르다.

목적을 이루는 데 거치적거린다면 주저 없이 제거할 것이었다.

'나는 선인은 아니다.'

악인이라면 모를까.

너무 먼 길을 돌아왔기에 선인이 될 수는 없다.

되고 싶은 생각도 없고.

"딸꾹!"

김소영이 딸꾹질을 했다.

그렇다.

남자는 늑대 그 자체였다.

거칠고 길들여지지 않는다.

"딸꾹! 딸꾹!"

다리에 조금씩 힘이 빠졌다.

무영의 눈을 똑바로 직시한 김소영은 겁에 질려 움직이지 못했다.

"소, 소영아, 가자……."

결국 같이 온 여자가 김소영의 팔목을 잡고 끌었다.

바닥에 질질 끌려가는 김소영을 바라보다가 무영이 고개를 돌렸다.

툭. 툭.

이후 옆에 있는 허수아비를 때리기 시작했다.

'첫 보스전에서 높은 성적을 내면 제법 괜찮은 추가 보상

을 얻을 수 있지.'

10일마다 쳐들어오는 보스는 강하다.

아무리 잘 싸워도 몇 명은 죽어 나갈 것이었다.

하지만 보스를 압도적으로 찍어 누르면 C급 이상의 무구를 얻을 수 있었다.

'C급이면 충분해.'

절벽을 오르고 웬만한 괴물을 처치하는 데 C급이면 차고 넘친다.

자신에겐 부족한 장비를 상쇄할 수준의 경험이 있었으므로!

2장
다윗의 별

5일 차.

이 시점에서 생존자는 32명이었다.

첫날 13명이 죽은 뒤 하루에 한두 명 꼴로 죽었다는 의미다.

싸우지 않으면 살 수 없다는 걸 깨달았기에 모두 필사적이었다.

하지만 그렇다고 모두가 도움이 되는 것은 아니었다.

"숫자를 조금 더 줄여야겠는데."

오주영.

사냥꾼 순위에서 만년 3위를 차지하는 그가 말했다.

이십 대 중후반, 머리를 밀고 전신에 문신을 새겼다.

보는 이로 하여금 위압감이 들게 하는 인상이었다.

"숫자를, 말입니까?"

그의 근처에는 여러 사람이 모여 있었다.

그중 한 남자가 침을 꼴깍 삼키며 물었다.

오주영이 팔짱을 끼곤 말했다.

"식량이 너무 부족해. 그런데 필요 없는 놈이 너무 많아."

식량은 3등에게까지만 주어졌다.

그래 봐야 보존 마법이 걸린 푸석한 빵이 전부였지만 이곳에선 무엇보다 중요한 물자다.

지금까진 김태환과 오주영이 공평하게 빵을 나누고 있었지만 그것도 한계가 있었다.

가뜩이나 적은 물량이 서른 명에게 돌아간다.

하루에 빵 반 개로 버티는 셈이다.

사원 안에 있던 여러 사람이 어깨를 움찔했다.

괴물을 구워 먹다가 몸부림치며 죽은 사람이 나온 뒤로 누구도 괴물의 사체에는 손을 대지 않았다.

빵만이 유일한 구원이었는데, 오주영이 구원 줄을 끊어버리면 당연히 많은 이가 배를 곯을 수밖에 없었다.

이곳에서의 굶주림은 죽음으로 이어진다.

오주영이 입가에 미소를 그리며 말했다.

"그러니까 도움 안 되는 놈들끼리 치고받고 싸우든 어쩌든 해서 숫자를 조금 줄여보는 게 어떨까?"

"오주영."

김태환이 다가갔다.

그러자 오주영이 코웃음을 쳤다.

"위선 떨지 마. 이 정도 했으면 충분히 베풀었잖아?"

"모두가 살아남는 게 목표다."

"그~ 러~ 니~ 까~ 이 답답아, 필요 없는 놈들만 버리자고. 저기 저 애 딸린 아저씨 보이지? 양팔 잘려서 장작을 캐겠어, 뭘 하겠어? 고기 방패나 하면 다행이겠지."

"오주영!"

김태환의 목소리를 높였다.

그럴 수밖에 없었다.

처음이 어렵지 그다음은 쉬운 법.

필요 없는 사람들을 버리기 시작하면 결국 소수만 남게 된다.

김태환은 경계하고 있었다.

양심이 죽고 이기적인 사람들만 남는 것을.

살아남은들 결국 파국으로 치달을 터였다.

오주영이 귀를 후볐다.

"새끼, 하여간 목소리는 존나게 커요. 그리고 너는 괜찮겠지만, 솔직히 다들 불만이 이만저만이 아닐걸?"

오주영이 시선을 돌려 김태환이 뒤에 있는 사람들을 바라봤다.

모두가 많이 굶주린 듯 조금씩 볼이 패여가고 있었다.

필요 있는 자와 없는 자가 명확하게 나뉘었다.

무언가를 해낼 수 있는 사람들이 해낼 수 없는 사람들을 적대적으로 노려보기 시작한 것이다.

하루 이틀이 아니다. 그동안 불만이 계속해서 쌓인 모습이었다. 식량을 구할 수 있는 건 최상위 성적의 3명뿐이기에 여태껏 말하지 못하고 있었을 뿐.

김태환이라고 그걸 모를 리 없었다.

"돌파구를 찾아야지 버릴 생각부터 하면 괴물과 뭐가 다르지? 우리는 이성이 살아 있는 인간이다. 서로를 도울 수 있어."

"너 죽으면 몸에서 사리 나오겠다야. 하여간 정 숫자를 줄이기 싫으면, 뭐 알아서 해봐. 나는 이제 나만 챙길 테니까."

오주영은 어깨를 으쓱했다.

5일이나 베풀었으면 많이 베푼 것이다.

의무도 아닌 일에 제 살을 깎아 먹을 순 없었다.

하지만 김태환의 입장에선 달갑지 않은 소식이기도 했다.

"오주영, 네가 손 떼면…… 많은 사람이 굶어 죽을 거다."

"어쩌라고? 나 먹고살기도 힘들어. 아니면."

오주영이 품에서 빵 하나를 꺼내 덥석 물고는 주변을 돌아봤다.

"물물교환을 하든지. 나도 그렇게 매정한 사람은 아니니까, 합당한 대가를 내놓으면 빵을 주마. 그것도 아니면 내게 꼭 필요한 사람이 되어봐. 그래, 한 여섯 명 정도면 매일 배부르게 먹일 수 있을 거 같은데."

여섯 명이란 구체적인 숫자를 제시한 이유는 간단하다.

오주영은 자신만의 파벌을 만들 생각이었다.

이곳에선 힘이 곧 법이다.

뭉치면 뭉칠수록 강해진다.

여태껏 끼리끼리 모여 있긴 했지만 이건 공식적인 선언이었다.

가져다주는 파급력이 전혀 달랐다.

'이 시점을 기다리고 있었군.'

그리고 무영은 멀리 떨어져서 그 광경을 지켜보고 있었다.

오주영.

제법 얍삽한 녀석이다.

녀석은 일부러 5일의 시간을 기다렸다.

모두가 굶주림에 미쳐 갈 때 이처럼 선언을 한다면 어지간한 사람은 필사적으로 매달릴 수밖에 없다.

저 '6명'의 인원에 포함되고자 온갖 아양을 떨어댈 것이다.

반면 김태환을 필두로 하는 파벌은 쉽게 뭉치지 못하리라.

김태환은 모두를 포용하고자 한다.

능력이 있건 없건 상관없이.

당연히 능력 있는 자들의 불만은 나날이 쌓여가고, 결국 능력주의인 오주영의 근처로 모여들게 될 것이다.

일부러 5일을 기다린 것도 그렇고…… 침착하게 주변을 살피며 적합한 타이밍에 나섰다. 김태환을 부추기면서 말이다. 사람의 심리를 굉장히 잘 아는 듯싶었다.

오주영은 한없이 느긋한 태도로 기다렸다.

"저는 어때요?"

머지않아 한 명이 손을 들었다.

김소영.

무영에게 창피를 당하고 물러섰던 그녀가 이번엔 오주영의 줄을 잡고자 가장 먼저 나선 것이다.

"너? 뭘 할 수 있는데? 얼굴 좀 반반하다고 피 같은 먹을 걸 나눠줄 순 없거든."

당연히 받아줄 거라고 생각했는지 김소영이 당황했다.

하지만 이내 침착함을 되찾곤 김소영이 도리어 가슴을 내밀었다.

"여러 가지를 할 수 있죠. 그쪽이 생각하는 모든 걸요."

"여러 가지…… 말이지."

오주영이 김소영의 몸을 쭉 훑었다.

뱀이 기어가는 느낌이지만 김소영은 인내했다.

지난 5일 동안 그녀는 생존을 위해 움직였다.

가장 오래 살 것 같은 사람을 찾았다.

먼저 무영을 찾은 건 그래서다.

하지만 실패했고, 그다음 타자는 오주영이었다.

껄렁껄렁한 태도에 냉혈한이긴 하지만 실력 하나는 확실했다.

김태환은 약간 어리벙벙한 구석이 있었다.

오래 살 것 같지는 않았다.

'이 남자를 왕으로 만드는 거야. 나는 왕비가 되는 거고.'

그러니 김소영은 오주영을 왕으로 만들겠다고 다짐했다.

누군가를 고를 거라면 그 사람은 반드시 최고여야 한다는 게 김소영의 지론이었다.

오주영은 혓바닥을 내밀며 입맛을 다셨다.

"좋아. 너는 특례로 받아주지. 하지만 나머지 5명은 엄격하게 가려서 받을 거야. 아, 배고플 텐데 우선 이거라도 먹고 있어."

"고마워요."

김소영이 오주영의 뒤로 서자 오주영이 빵을 나눠 줬다.

그녀가 최대한 맛있게 쩝쩝거리며 빵을 씹어 삼켰다.

체면을 깎는 일이긴 하지만 이래야 자신들에게 유리하다는 걸 깨우친 것이다.

실제로 많은 이가 침을 꼴깍 삼키며 김소영을 바라보고 있었다.

"나, 나는! 나도 받아줄 수 있나?"

"힘쓰는 일이라면 내가 필요할 거야!"

"저놈보단 차라리 내가 낫지!"

마치 해일 같았다. 밀물처럼 드세게 일어난 사람들이 오주영 쪽으로 다가왔다.

김태환과 오주영.

명확하게 사람들이 두 편으로 갈린 것이다.

"오주영, 편을 나누는 건 좋지 않다."

김태환이 표정을 잔뜩 굳힌 채 말하자 오주영은 혀를 찼다.

"너는 네 앞가림이나 신경 쓰시지?"

흐름은 막을 수 없었다. 오주영은 사람들을 선별하기 시작했고 선택된 이들은 마치 귀족이라도 된 양 어깨를 으쓱했다.

계급이 나뉘고 있었다.

김태환의 모두를 살린다는 정책은 많은 이에게 어필되지 못했다. 오히려 필요 없는 이들은 빨리 죽는 게 도움이 되는 것이라고 많은 이가 생각하고 있었다.

돌파구…….

그게 필요한 시점이었다.

김태환은 무영을 바라봤다.

지난 5일 동안 단 하루도 1위를 빼앗긴 적이 없는 사람.

가장 많은 식량을 보유했고, 몇 번이나 도움을 청했지만 그럴 때마다 무시당했다.

그렇다고 강제로 뺏을 수도 없었다.

이곳에 있는 전부를 합치면 이길 수 있을지.

그마저도 회의적이었다.

그는 늑대 자체였기에.

그러나 이제는 답이 없었다.

이대로 놔두면 오주영의 독주는 뻔했다.

그런 김태환의 눈빛을 무영이 알아차린 걸까?

무영이 대뜸 무대의 중앙으로 다가왔다.

동시에 소란이 가라앉고 모든 이의 시선이 모였다.

이처럼 그가 나선 적은 한 번도 없었기 때문이다.

모든 이의 시선을 받으며, 무영이 말했다.

"사원 주변을 탐색할 것이다. 따라나서는 자에겐 매일 두 개의 빵과 깨끗한 물을 지급하겠다."

미쳤다.

이 말밖엔 할 말이 없다.

사람들이 왜 이 작은 사원에 모여 아등바등하고 있겠나.

사원을 조금만 벗어나도 괴물이 우글거리기 때문이다!

그곳을 탐색하러가겠다고?

빵과 물을 준다고 다가 아니다. 자살과 다를 바 없다. 죽으러 간다는 뜻으로밖엔 해석이 안 된다. 찬물을 제대로 붓는 격.

하지만 무영은 오연하기만 했다. 있어도 그만, 없어도 그만이라는 듯.

아무도 지원하지 않을 것이다…….

대부분은 그렇게 생각했다.

"아저씨, 세 개는 안 돼요? 아빠랑 저랑 합쳐서요."

가장 먼저 나선 건 여자아이였다.

이제 아홉 살이나 될 법한, 아직 젖살도 빠지지 않은 꼬마.

반면 여자아이의 아빠라는 사람은 양팔이 잘린 불구였다. 둘째 날 괴물의 습격에서 양팔을 잃은 것이다.

나가는 순간 죽음이 확정된 사람들.

도움이 안 될 게 뻔했다. 발목이나 잡지 않으면 다행이다.

"환영한다."

그러나 무영의 입에서 나온 말은 모두의 예상을 깨기에 충분했다. 어차피 놔두면 알아서 죽을 둘을 굳이 거두는 건 상식 밖이었다.

하지만 무영은 전혀 다르게 해석했다.

'영악하군.'

여자아이는 유일한 살길이 무영에게 붙는 것임을 본능적으로 알았다.

눈치가 빠르고, 누구보다 결단력도 있다.

나이는 문제가 안 된다. 어차피 이곳에 있는 나이 많은 모두가 무영의 입장에선 전혀 성에 안 차는 탓이다. 그럴 바엔 조금이라도 눈치가 빠른 쪽이 낫다.

"더 없나?"

"주변 탐사라는 게 어떤 식으로 이루어지는 겁니까?"

어느 쪽에도 속하지 못한 남자가 말했다.

무영은 차분히 답했다.

"하루에 세 시간에서 네 시간가량, 주변을 둘러보며 필요한 것들을 채집한다. 때에 따라선 사냥도 할 것이다."

사원 안에서 얻을 수 있는 건 지극히 한정적이다. 무언가를 얻으려면 그에 합당한 위험을 동반해야 한다. 더욱 격한 위험을 겪을수록 반대로 얻을 수 있는 이윤도 커진다.

공짜로 얻을 수 있는 건, 적어도 마계에선 없다.

"저도 지원하겠습니다."

놀랍게도 김태환이 움직였다. 남아서 오주영과 파벌 싸움을 하리라고 여겼건만, 이 선택은 무영으로서도 조금은 의외였다.

"괜찮겠나? 놀러가는 게 아니다."

비꼬는 듯한 말이었다. 그만큼 무영의 입장에선 서로 편을 가르고 싸우는 게 애들 놀이와 다르지 않게 보였기 때문이다.

김태환이 고개를 끄덕였다.

"목숨이 달린 일이라는 거 압니다. 그리고 바깥 탐사를 갈 때가 되었다고 생각하고 있었습니다. 언제까지 모두가 이 정체 모를 곳에서 가만히 있을 순 없으니까요."

자신보단 남을 먼저 생각하며 움직인다.

이런 유는 보통 오래 살지 못한다. 오지랖만 부리다가 가장 먼저 죽어 나가는 게 김태환과 같은 부류였다.

'대신 살게 되면 그만한 파장을 일으키지.'

용군주가 그랬다. 모두가 인정하는 진정한 용사의 자질을 지니고 있었다. 무영의 손에 죽지만 않았어도 여러 판도를 바꿨을 것이다.

그러나 용군주 같은 자가 나올 확률이 얼마나 되겠는가.

살더라도 무저갱 같은 마계에서 지내다 보면 백 중 구십구는 성격이 변한다.

그 사선을 헤쳐 나갈 수 있을지, 무영은 솔직히 회의적이었다.

'사원 바깥에서 얻을 수 있는 것.'

그리고 무영이 사람을 모으는 이유는 간단하다. 바깥에서 얻을 수 있는 게 이곳에서 얻을 수 있는 것보다 크기 때문이다.

짐을 들고, 무언가를 찾을 때나 잠시 수면을 취해야 할 때, 적어도 지금은 혼자보단 여럿이 움직이는 편이 효율이 높다.

또한, 사원에서 괴물을 죽이는 것보다 바깥에서 사냥을 하는 게 훨씬 나았다. 본래 능력치라는 건 스스로를 몰아갈수록 더 잘 오르는 법이니까.

매일 정해진 만큼 괴물을 사냥하면 초반에야 능력치가 잘 오르지만 조금씩 적응이 되어 정체한다.

정체된 자는 마계의 먹이사슬 속에서 살아갈 수 없었다.

살기 위한 몸부림이었다.

그리고 그보다 더욱 중요한 건 사원 바깥에 숨겨진 보물들이다.

'이동 마법이 담긴 법보와 창고형 법보, 지옥 개의 단검,

나락 정찰병의 장갑, 오만의 가면……. 찾을 수 있는 만큼 찾고, 취한다.'

무영은 중요한 것을 잃은 대신 그보다 많은 정보를 가지게 되었다. 수천에 달하는 이를 죽이며 그들의 히스토리를 하나도 빠짐없이 보았고 전부 기억하는 것이다.

사원 바깥에서 찾아야 하는 물건이 많았다.

슬슬 움직일 때다.

지원한 사람은 총 다섯 명.

무영은 그들에게 횃불을 나눠 줬다.

횃불의 끝에는 기름이 잔뜩 묻어 있었다. 괴물의 사체를 끓여서 만든 동물성 기름이었다.

"기름통과 횃불은 절대로 잃어버리지 마라. 어두운 숲에서 괴물 먹이가 되고 싶지 않다면 말이다."

현대처럼 네온사인이 넘쳐서 저녁에도 밝은 곳이 아닌 만큼 횃불만이 앞을 밝혀줄 유일한 수단이었다.

대개의 괴물은 불을 두려워한다. 최소한 횃불을 들고 다니면 불시에 습격당하는 일은 적을 터.

횃불을 건네받은 한 남자가 말했다.

"3, 4시간만 둘러보고 오는 거 아니었습니까?"

지금은 이른 아침이었다. 3, 4시간 탐색을 하고 온다고 해도 해가 중천에 걸려 있을 시간이었다.

굳이 저녁을 대비하는 게 그로선 껄끄러웠던 모양.

하지만 무영은 힘을 주어 입을 열었다.

"사원 바깥에선 무슨 일이 일어날지 모른다. 특히 자정을 기준으로 한 번씩 지형이 바뀌지. 그럴 때 횃불 없이는 결코 앞으로 나아갈 수 없다."

"지형이…… 바뀌다니요?"

이번엔 김태환이 물었다.

하기야 이들로선 모르는 게 당연하다.

무영은 사람들이 가진 착각을 조금 이용하기로 했다.

"너희의 생각처럼 나는 이 사원에 꽤 오랫동안 있었다."

"그 이야기가 사실이었군요."

사람들이 우왕좌왕할 때에도 무영은 모든 걸 알고 있다는 듯이 행동했다. 그래서 먼저 사원에 있었던 사람이 아닐까 하는 이야기가 은연중 퍼지고 있었다.

무영이 말했다.

"사원 바깥은 야생 그 자체다. 뒤처지는 사람을 챙겨줄 여유가 없다."

그러곤 다시 한번 각오를 살피고자 사람들을 한 명씩 살폈다. 특히 여자아이, 배수지와 불구인 수지의 친부를 더 오랜 시간 주시했다. 어중간한 능력보단 눈치가 빠른 편이 도움이 되긴 하지만, 강행군을 과연 둘이 따라올 수 있을 지는 조금 의문이었던 것이다.

"열심히 할게요. 다른 사람한테 피해 안 주도록……."

그걸 모를 리 없는 배수지가 입술을 꽉 깨물며 말했다.

어차피 이 길 외에 자신들이 살길은 없었다.

무영이라는 줄을 놓치면 부녀를 챙길 사람이 있을 리 만무했으므로.

죽을 거라면 조금의 도전이라도 해보겠다는 마음가짐이었다.

'어린 나이에 독기가 있군.'

원래부터 책임감이 상당한 듯싶었다.

눈치도 빠르고, 행동력도 있으며, 나이답지 않은 적응력이 놀라웠다.

그래서 조금 아쉽다. 나이가 조금만 더 찼다면 약간의 도움만 줘도 상당한 경지까지 스스로 올랐으리라.

하지만 어린 여자아이가 혼자 살아갈 수 있을 만큼 마계는 호락호락한 장소가 아니다.

'나도 누군가를 챙길 정도로 여유가 있진 않다.'

아쉬워도 그뿐이었다.

그들의 눈을 한 번씩 쳐다본 무영이 등을 돌렸다.

"죽기 싫거든 내 말에 토 달지 마라. 궁금해하지 마라. 무조건 따라와라. 알겠나?"

모두가 무겁게 고개를 끄덕였다.

경험자의 말만큼 중요한 게 없다는 걸 그들도 안다.

특히 무영이 그동안 보인 모습은, 적어도 생존이라는 측면에 있어선 누구보다 프로다웠다.

"그럼 출발하지."

무장을 갖추고 몇 가지 도구와 횃불, 기름통을 챙긴 채 움직이기 시작했다.

콰득!

무영이 발을 놀려 다가오던 왕개미를 밟았다.

주먹만 한 개미가 터지며 사방으로 액체가 튀었다.

'검붉은 전투 개미.'

신경성 독을 가진 왕개미다. 물리면 그 부위가 몇 배로 부풀어 오르며 마비된다.

"보이는 족족 밟아라."

무영은 충고했다.

목숨에 지장은 없지만 움직이지 못하게 되면 죽는 건 같다.

꿀꺽!

무영을 포함한 6인은 조심스럽게 숲길을 걸었다. 사방을 잔뜩 경계하며 신경을 곤두세웠다.

'벌써부터 저러는군.'

신경을 곤두세우는 건 좋지만 몇 시간이나 계속하면 심신이 지친다.

하지만 무영이 말로써 뭐라고 해도 통하지 않을 것이다.

그들에게 이곳은 또 다른 미지였으니까.

차라리 행동으로, 경험으로 깨우치는 게 더 빠르다.

"아저씨, 여기 부적이요."

배수지가 법보 한 장을 가져다주었다.

다가오는 검붉은 전투 개미 몇을 밟자 나타난 것이었다.

'신경독이 담긴 법보.'

검붉은 전투 개미가 가진 신경독이 담겨 있었다.

조금 더 정제된 형태로.

무영은 법보를 한 손에 들고 사람들에게 말했다.

"사원 바깥에서 괴물을 죽이면 간혹 이런 법보가 나타난다. 사용하고자 하는 의지를 가지고 법보를 손에 쥐는 순간 안에 담긴 물건이 흘러나오게 되어 있지."

다른 한 손으로 물 생성의 법보를 꺼내어 반대편 손에 쥐자, 약간의 물이 법보에서 흘러나왔다.

"이건 물이지만, 이건 신경독이 담겨 있다. 스스로 몸을 해칠 수 있으니 조심하도록."

이어 무영이 신경독이 담긴 법보를 배수지에게 건넸다.

동시에 배수지가 고개를 갸웃했다.

"제가 가져도 되나요?"

"당연하다. 네가 구했으니 이 법보는 너의 것이다."

확실하게 선을 그었다. 자기가 사냥하고 구한 물건에 대해선 스스로 책임을 져야 한다.

조금 더 걸어가며 무영은 나무 하나를 점찍었다.

"잘 찾아보면 이처럼 유독 푸르고 동그란 잎을 가진 나무가 있을 것이다. 이 나무에서 자생하는 풀은 모두 사람의 몸에 이롭다. 하지만 반드시 잎을 잘 살펴봐야 한다. 비슷하게 생겼지만 독기를 내뿜는 나무도 많으니."

나무에 자생 중인 버섯 몇 개를 떼어다가 채집 가방에 넣었다.

혈액순환을 도와주는 하얀 이끼버섯이었다.

김태환이 말했다.

"캐가도 되는 겁니까?"

"채울 수 있는 만큼 채워라."

'신성 나무'라 칭하는, 숲 속에선 굉장히 찾기 어려운 나무다.

'운이 좋았어.'

언제 다시 발견할 수 있을지 모른다.

챙길 수 있을 때 챙겨야 한다는 뜻.

"아빠, 버섯이에요."

"구워 먹으면 맛있겠구나."

"제가 맛있게 구워 드릴게요."

배수지가 신이 난 듯 버섯을 채집 가방에 넣었다.

'발자국.'

그렇게 다른 이들이 막 채집을 시작했을 때, 이미 채집을 끝낸 무영은 바닥을 손으로 쓸며 주변의 흔적을 찾고 있었다.

그리고 나무의 밑바닥에서 세 개의 발톱으로 긁힌 자국을 발견했다.

'세발 땃쥐의 영역이로군.'

매일 자정을 기준으로 지형이 바뀐다. 기존의 기억만 가지고 움직였다간 큰코다친다. 이처럼 어느 괴물의 영역인지 하나하나 살필 필요가 있었다.

그리고 세발 땃쥐는 무리를 이뤄서 행동하기에 상대하기 제법 까다롭다. 크기는 성인 무릎 정도까지밖에 오지 않지만 날렵한 데다 날카로운 이빨을 가지고 있었다.

'분명히 높은 등급의 창고형 법보 하나가 세발 땃쥐의 영역에 있었지.'

창고형 법보는 중요하다. 등급에 따라서 많은 양의 물건을 저장하는 게 가능한 탓이다.

법보에 담지 않고 많은 짐을 가지고 다니면 누군가의 표적이 되기 쉽다.

물론 세발 땃쥐도 여러 곳에 분포되어 있어서 이곳에 있으리라 확신할 순 없지만 찾아볼 가치는 있었다.

'조금 고생하겠군.'

곳곳에 있는 흔적들을 살피며 무영이 이맛살을 구겼다.

아무래도 몇십, 몇백 단위가 있는 게 아닌 것 같았다. 추정하건대 최소 3천 이상의 세발 땃쥐가 이 영역에서 살아가고 있었다.

빠르게 원하는 바를 이루고 나가야 한다.

"다 챙겼으면 바로 움직이겠다."

무영이 발걸음을 서둘렀다.

"으아아악!"

"꺼져! 꺼지라고!"

뒤늦게 합류한 남자 두 명이 검을 휘두르며 비명을 내질렀다.

잠시 방심한 사이 세발 땃쥐들에게 둘러싸인 것이다.

"쯧."

무영은 혀를 찼다.

예전의 날이 선 몸이었다면 주변으로 다가오는 걸 진즉에 눈치챘을 것이다.

하지만 지금 몸은 아직 제대로 갈지 못한 상태다.

'차라리 잘됐다.'

피할 수 없었다.

그렇다면 하나의 이득이라도 더 취하겠다.

특히 몇몇 능력치는 이런 경우에 더 잘 오른다. 단순히 성장 면에서 보자면 오히려 환영할 일.

무영은 시미터를 치켜들었다.

"덤벼라!"

크게 소리를 내지름으로써 시선을 모았다.

위험한 행동이지만 몸을 버릴 각오로 싸우면 불가능하진 않다고 판단했다.

끼긱. 끼긱.

세발 땃쥐 중 한 마리가 위에서 떨어져 내렸다.

떨어지면서 목을 노리고자 발톱을 세웠다.

촤악!

착지하는 세발 땃쥐의 배에 바람구멍을 낸 걸 시작으로 무영은 검무를 추기 시작했다.

150마리가 조금 안 되는 숫자.

일격으로 한 마리는 데려가야 한다.

땃쥐를 죽이며 무영은 시체에서 솟아오르는 법보를 챙겼다.

명칭: 땃쥐의 일격

등급: F

분류: 일회용

효과: 한 차례 땃쥐의 발톱으로 긁는 것과 같은 효과를 얻을 수 있다.

고작 F등급.

최하위 등급이며 별 효과도 없다.

두 마리를 죽이면 한 번 꼴로 세발 땃쥐가 이와 같은 법보를 띄웠다.

굳이 싸우는 와중 움직임을 소모하며 법보를 모으는 이유.

전혀 쓸모없어 보이지만 5장을 모으면 이야기가 달라지기 때문이다.

〈'땃쥐의 일격' 법보를 5장 모았습니다.〉

〈'땃쥐의 일격(F)'이 '땃쥐의 회심의 일격(E)'으로 변경되었습니다.〉

이름이 바뀌며 F등급이 E등급으로 변화했다.

'법보 강화.'

이런 현상을 마계의 사람들은 '법보 강화'라고 불렀다.

같은 법보 5장을 모음으로써 더욱 높은 위력의, 혹은 전혀 다른 효과를 내는 게 가능한 것이다.

'아직이다.'

하지만 원하는 효과는 아니었다.

치익!

그다지 여유가 없는 상황.

배꼽 부근의 옷이 손톱에 찢기며 피부가 드러났다. 붉은 혈선이 생기고 피가 뚝뚝 흘러내렸다.

그러나 아랑곳하지 않았다. 무영에게 있어서 사선(死線)의 전투는 매우 익숙한 것이었다.

스스로를 극한으로 몰아가며 싸움에 임하는 것.

오히려 무영은 여유롭게 피할 수 있음에도 아슬아슬한 선까지 적의 공격을 기다리다가 움직였다.

'위험을 돌파할수록 민첩 능력치가 오른다.'

민첩은 단순히 신체의 빠르기를 나타내는 수치가 아니다.

제3의 눈.

흔히 '육감'이라 말하는 능력이 민첩에 포함되어 있었다.

그를 올리기 위해선 이만한 위험을 감수해야 했다.

키긱!

끼이익!

땃쥐들이 집중적으로 무영에게 모여들기 시작했다. 이 중에서 가장 위협이 되는 게 무영이라는 걸 알아본 것이다.

무영은 땃쥐의 시체를 발로 차며 벽을 만들었다.

사방을 점거당하는 건 최악의 결과다. 적어도 한 방위만이라도 비워둘 필요가 있었다.

이어 돌아보지도 않고 시미터를 뒤쪽에 찔러 넣었다.

께엑!

입을 벌리고 다가오던 땃쥐의 목구멍에 시미터가 박혔다.

촤악!

시미터를 뽑자 피가 흩뿌려졌다.

후욱! 후욱!

무영의 체력도 조금씩 방전되어 가고 있었다.

하지만 무영은 멈추지 않았다.

몰리면 몰릴수록 더욱 예민하게 파악하고 움직였다.

전신이 피로 가득 물들었고, 상처 역시 많았으나 무영의 움직임은 변함 없었다.

이성이 반쯤 날아가고 본능에 몸을 맡겼다.

그렇게 70이 넘는 땃쥐를 해치웠을 때였다.

〈'땃쥐의 회심의 일격' 법보를 5장 모았습니다.〉

〈'땃쥐의 회심의 일격(E)'이 '땃쥐의 포효(D)'로 변경되었습니다.〉

후아아아아앙.

법보에서 작은 울림이 퍼져 나갔다.

동시에, 포효를 들은 땃쥐들의 움직임이 둔해졌다.

'됐다.'

무영의 입가에 가느다란 미소가 맺혔다.

예상한 대로다.

기존의 법보가 두 단계 강화되며 땃쥐의 포효로 변했다.

슬쩍 주시하자 법보의 정보가 떠올랐다.

명칭: 땃쥐의 포효

등급: D

분류: 지속형

효과: 법보 주변의 땃쥐에게 '공포' 효과를 건다.

물리적인 타격을 주는 건 아니지만 그보다 훨씬 쓸 만하다.

이 법보는 그저 소지하는 것만으로도 땃쥐에게 영향을 끼칠 수 있었다.

공포 효과로 인해 땃쥐들의 행동이 굼떠졌다. 전처럼 군집하지 못하고 뿔뿔이 흩어졌다.

땃쥐들이 주춤거리자 무영이 학살을 시작했다.

'……대단하다.'

김태환은 멍하니 그 장면을 바라만 보고 있었다.

여기 모인 이들 중 제대로 '사냥'을 하는 건 무영뿐이었다.

하물며 그 모습은 악귀라고 해도 믿을 수 있을 만큼 전율이 일었다.

마치 자신의 죽음을 전제로 싸우는 투사와 같았다.

한 발자국도 물러서지 않으며 악착같이 승리를 갈구한다.

만약 무영이 아니었으면 순식간에 전멸했을 것이다.

'더 강해져야 해.'

압도.

김태환은 그가 싸우는 모습을 보며 본능적으로 느꼈다.

이대로 가만히 있으면 이곳에서 살아갈 수 없다는 걸.

살기 위해선 강해져야 한다.

저 남자처럼 더욱 악착같이 갈구해야 한다.

"정리를 끝내고 바로 움직이겠다."

몇 마리를 제외한 땃쥐들을 전멸시킨 뒤 무영이 말했다.

자신의 피와 땃쥐의 피가 뒤섞여서 전신에 피칠갑을 한 상태였다.

'이 근처에 소굴이 있다.'

땃쥐들이 몰려나오고 도망간 장소를 보아하니 목적지가 멀지 않았다.

체력이 거의 방전되다시피 했지만 계속 가야만 했다.

내일 다시 온다는 발상은 할 수 없었다. 자정이 되면 지형이 바뀐다. 다시 이곳에 올 수 있다는 보장이 없는 것이다.

"도, 돌아가지 않는 겁니까?"

함께 온 사람 중 사망자는 없었지만 다들 작은 상처쯤은 입은 상태였다. 입에 단내가 나올 만큼 지치기도 했고.

여기서 더 강행군을 하는 건 누가 봐도 무리였다.

스윽.

무영은 대답 대신 채집 가방에서 몇 가닥의 풀을 꺼냈다.

신성 나무에서 자라던 풀잎.

균을 죽이고 상처를 진정시키는 데 탁월한 효과가 있다.

대충 반죽하듯 손으로 풀을 마구 구긴 후 상처에 발랐다.

머지않아 상처에서 흐르는 피가 멈췄다.

"갈 사람은 가라. 지금이라면 온 길을 그대로 더듬어 올라

가면 될 것이다."

무영은 무덤덤하기만 했다.

여기까지 사람들을 끌고 온 이유는 간단했다.

짐, 수면, 만약의 상황에 대비하고자.

그리고 목숨을 걸고 싸울 사람을 선별하기 위함이었다.

사원 바깥을 탐사하는 것 자체가 절박한 사람이 아니라면

하지 않을 선택이니.

'보스전을 위해선 조금이라도 경험이 많은 사람이 필요하지.'

보스는 강하다. 혼자서 찍어 누르긴 힘들다.

사원 안에서만 성장한 이들은 별 도움이 안 된다. 며칠만

이라도 사원의 바깥을 경험한 자만이 보스를 상대로 대처를

더 잘할 수 있었다.

억지로 끌고 가는 건 미련한 짓이다. 그래서 일부러 지원

자만 받은 것이지 않나.

동시에 질문을 던진 남자는 꿀 먹은 벙어리가 됐다. 다시

돌아간대도 무영 없이 괴물의 습격을 받으면 위험한 건 매한

가지였다. 오히려 무영의 옆에 있는 게 더 안전할 수 있다는

걸 이번 전투에서 모두 느꼈다.

"따라가겠습니다."

가장 먼저 김태환이 나섰다.

잠시 나무에 기대고 앉아 상처를 살피던 무영이 김태환을 바라봤다.

"놀러 가는 게 아니다."

"……처음부터 놀러 갈 각오로 나오진 않았습니다."

무영은 자리에서 일어났다.

'깨달은 게 있나 보군.'

그냥 오지랖만 넓은 건 아니었나 보다.

반면 배수지는 작은 단검을 쥐고 있었다. 피가 묻어 있는 걸 보아 땃쥐로부터 도망만 가진 않은 모양.

아마도 친부를 지키고자 단검을 휘두른 것일 테다. 그럼에도 벅찬 숨만 내쉴 뿐 크게 동요하는 모습은 없었다.

'살아남는다면…….'

무영은 잠시 입맛을 다시다가 고개를 내저었다.

그리고 떨리는 주먹을 억지로 쥐어 보였다.

흥분이 가시질 않았다. 무슨 일에도 냉정을 유지하던 과거와는 조금 다른 모습이다. 300의 살수와 살주를 죽였을 때도 이만한 흥분은 느끼지 않았다.

신체가 되돌아갔기 때문일까?

'역시 민첩이 올랐군.'

이번 싸움에서 민첩이 1올랐다.

스스로를 몰아가면 몰아갈수록, 죽음의 경계에 가까울수록 잘 오르는 능력치다웠다.

무영은 주변에 널린 땃쥐의 사체를 바라봤다.

땃쥐의 피가 사방에 진동한다.

오래 있어서 좋을 게 없었다.

아무리 세발 땃쥐의 영역이라 한들 이만한 피 냄새면 다른 포식자가 영역을 침범할 수도 있을 것이다.

만약 자이언트 레오라도 나타난다면 다른 이들을 미끼삼아서 살아갈 수밖에 없었다.

"이 풀을 으깨서 상처에 발라라. 5분 뒤에 출발하겠다."

무영은 채집 가방에서 약초를 꺼내 소량씩 나눠 줬다.

여러 흔적을 좇으며 땃쥐의 소굴을 찾았다.

거대한 동굴.

토오옹.

발자국 소리가 오랫동안 퍼져 나갔다. 동굴이 얼마나 길게 이어져 있는지 알 수 있었다.

"횃불을 들고 발소리를 죽여라. 내가 앞장서겠다. 가장 뒤에 김태환, 네가 서라."

"제가 앞쪽에 서는 게 낫지 않겠습니까?"

"내 말에 토를 달지 마라."

"……알겠습니다."

출발하기 전에 무영은 무조건 자신을 따르라고 말했다.

못해도 자정 전에는 돌아가야 한다.

일일이 전부 설명할 시간 따윈 없었다.

대열을 배치한 후 무영은 곧장 나아가기 시작했다.

찌직, 찌지직!

머지않아 땃쥐의 기척이 느껴졌다.

무영은 '땃쥐의 포효'가 담긴 법보를 꺼냈다.

그러자 달려오던 땃쥐들이 서성거렸다.

횃불을 비추자 족히 300마리는 되어 보일 법한 땃쥐 무리가 구석구석에 숨어 있었다.

"뛰어라."

무영이 빠른 동작으로 발을 놀렸다.

300이 넘는 땃쥐를 모두 상대하는 건 멍청한 짓이다.

어차피 무영이 노리는 건 땃쥐의 사냥이 아니라 이 뒤에 있을 물건.

'공포' 효과가 제대로 먹히고 있을 때 빠르게 지나쳐 가는 게 현명했다.

"흐으윽!"

"커허헙!"

모두가 게거품을 물며 무영을 쫓았다.

그다지 빠른 속도는 아니었지만 괴물들 사이를 뛴다는 것 자체의 중압감이 장난이 아니었던 것이다.

어느 정도나 달렸을까.

동굴의 폭이 점점 넓어지더니 곧 거대한 공동이 나타났다.

바닥에서 천장까지의 높이가 족히 50m는 넘어 보였고 벽 곳곳에 구멍이 뚫려 있었다.

'땃쥐가 지나다니는 통로들.'

그 통로의 중심이 되는 장소였다.

"신전?"

김태환이 의문 어린 목소리를 내었다.

그의 시선이 닿는 곳.

공동의 끝에 거대한 신전이 있었다. 정중앙에 육망성이 그려져 있고 여신상이 곳곳에 놓인.

아주 오래된 듯 녹슬었지만 그 웅장함은 모두에게 전해졌다.

'육망성과 여신상이라.'

무영은 왼쪽 팔목에 찬 상태창 시계를 내려다봤다.

오망성의 문양이다.

반면 신전에 그려진 건 육망성이다.

삼각형 두 개가 겹쳐진 모양.

하지만 무영은 저 여신상과 문장을 분명히 본 적이 있었다.

"다윗의 별……."

"예?"

김태환이 고개를 갸웃하며 무영을 바라봤다.

하지만 무영의 표정은 더할 나위 없이 진지했다.

'왜 다윗의 별이 이곳에 있는 거지?'

전신이 부들부들 떨렸다.

다윗의 별.

그것은, 레메게톤의 봉인이 풀리며 72마신이 나타날 때, 마신들이 소환된 장소에 새겨진 문양이었다.

말인즉 이곳에서 72마신 중 하나가 소환됐다는 이야기이며, 저 신전은 그때 생겨난 부산물과 같은 것이었다.

그리고 저 여신상은…….

'그레모리.'

72마신 중 하나, 56권좌를 차지하고 있는 마신!

그레모리의 여신상이었다.

'어찌한다.'

무영은 가만히 신전에 시선을 주었다.

다윗의 별이 있는 곳.

마신들이 소환된 장소에는 모두 보물이 있었다.

예컨대 7권좌 아몬이 소환된 장소에는 책 한 권이 있었고,

그 책 안에는 온갖 마법에 대한 지식이 흘러넘쳤다.

아몬의 책을 본 마법사들은 단지 본 것만으로도 10년 이상의 수행 결과를 얻었다.

집중적으로 탐구한 이는 대마법사가 되었으며…… 소유자는 시크릿 클래스 '아크 메이지'로 전직하곤 지혜의 탑을 세워 인류 10강 안에 당당히 들어갔다.

다만 그레모리와 연관된 다윗의 별은 발견된 적이 없었다.

어째서 초보자들이 머무는 푸른 사원 근처에서 그레모리가 소환된 건지도 이해되지 않았다.

물론 아몬의 책을 구하고자 500명이 넘는 이가 죽은 걸 감안했을 때 그 못지않은 위험이 도사리고 있을 테지만…….

'기회는 한 번.'

놓치면 끝이다.

한 달이 지나면 게이트가 열리고 마계로의 전송이 시작된다. 마계로 전송된 이는 다시 이곳으로 돌아오지 못하고, 그렇다고 한 달 안에 이 장소를 찾을 수 있다는 보장 역시 없었다.

선택의 기로.

만약 탐색에 성공한다면 무영은 누구보다 좋은 시작점을 끊게 될 것이다.

반대로 실패하면 그대로 죽을 것이다.

"신전 안으로 들어간다."

무영은 결심했다.

위험 없인 아무것도 얻을 수 없는 게 마계다.

그냥 모른 척하고 지나가기엔 보상에 대한 유혹과 갈망이 너무나도 컸다.

쿠구궁!

신전으로 들어서자 땅이 흔들리며 눈앞에 장문의 글자가 떠올랐다.

〈'그레모리의 신전'에 입장했습니다.〉

〈다윗의 별이 빛나기 시작합니다.〉

〈네 개의 시련이 생성되었습니다.〉

〈시련을 골라 들어가세요.〉

〈모든 시련의 방은 한 명씩만 들어갈 수 있습니다.〉

동시에 모두의 앞에 네 개의 문이 생성됐다.

문 앞에는 각자 다른 글자가 새겨져 있었다.

〈어렵지만 가까운 길〉

〈쉽지만 먼 길〉

〈어렵고 먼 길〉

〈쉽고 가까운 길〉

문에 새겨진 글귀는 이와 같았다.

"갑자기 무슨⋯⋯."

"골라서 들어가라는 거 같은데?"

일행 중 남자 두 명이 네 개의 문을 살펴보며 말했다.

'한 번의 선택만 가능하다.'

네 개의 문.

방 하나에 한 명만 들어갈 수 있고, 이런 형태의 시련은 중복이 되지 않았다.

한번 들어가면 그 순간 문 자체가 효력을 잃는다.

하나의 시련을 극복하고 다른 문에 도전하는 일 역시 불가능할 것이었다.

지금껏 이 신전에 도달한 사람이 없었기에 네 개의 시련이 온전히 존재하고 있는 것일 터.

무영은 턱을 쓸었다.

'72권좌의 마신이 가진 특성에 따라 시련이 결정되지.'

다윗의 별이 있는 곳에는 항상 보물이 있었다.

그러나 보물을 얻는 방법은 모두 달랐다. 그 방법이란, 보통 마신의 특성에 따라 결정되곤 했다.

아몬의 책을 얻을 때 나타난 시련은 인간의 악의와 이기를 다뤘다.

사상자가 500명이나 발생한 것은 서로가 싸우고 죽이다가 자멸한 것이었다.

반대로…….

그레모리는 어떨까.

'그레모리는 끝까지 모습을 보이지 않았다.'

유일한 여성형 마신이라는 소문이 있기는 했지만 그 외엔 아무런 정보가 없었다.

대혼돈 이후 마신들이 인간을 파멸시킬 때조차 그레모리는 나타나지 않았다.

외에도 몇몇 마신이 안 보이긴 했지만, 그중에서도 그레모리는 특히 베일에 싸여 있었다.

그러니 통상적으로 알려진 그레모리의 특성에 따라 결정을 내릴 수밖에 없을 듯했다.

'충실, 정직, 관대, 비탄.'

가장 먼저 떠오른 건 이 네 가지다.

마신에게 어울리지 않은 단어가 포함되어 있기는 하지만 그레모리를 본 적이 없으니 어쩔 수 없었다.

하여튼 이 네 가지는 문헌에 전해지는 그레모리의 특성이었고, 네 개의 시련과 관계가 있을 것 같았다.

'모든 시련에 보상이 있는 것인지, 네 개의 문을 통과해야 보상이 주어지는 것인지, 그도 아니라면 이 중 하나에만 보상이 숨겨진 것인지.'

지금으로선 알 수가 없었다.

"왠지 불안해. 나, 난 안 들어가겠어."

이윽고 남자 한 명이 백기를 들었다.

고오오오오.

확실히 문에서 전해지는 소리와 마력은 인간의 공포를 자극하기에 충분했다. 어지간한 강심장이 아니고선 열어볼 생각도 하지 못할 것이다.

무영에게 이런 느낌은 너무나도 익숙했기에 상관없었지만 자기 목숨 아까운 줄 아는 사람이라면 당연한 선택이었다.

"아저씨, 저는 이쪽으로 들어가도 될까요?"

잠시간의 정적을 깨고 배수지가 말했다.

무영은 무심히 배수지를 바라봤다.

'의외로군.'

가장 어리고 힘도 약하다. 그나마 눈치와 결단력이 있는 편이어서 살아남을 수 있었다.

친부와 함께 있으니 모험은 하지 않으리라고 여겼건만, 이곳에 있는 누구보다 먼저 문에 도전하겠다고 확언한 것이다.

배수지가 선택한 문은 '어렵지만 가까운 길' 쪽이었다.

"문 안에 무엇이 있을진 아무도 모른다. 들어가려는 이유가 있나?"

"그냥……."

"그냥?"

"모르겠어요. 그냥 제가 이곳으로 들어가야 할 것 같았어요."

배수지가 고개를 푹 숙였다.

뭐라고 설명을 해야 할지 모르는 모습이었다.

'감, 혹은 함정.'

왜 배수지에게만 저런 느낌이 주어진 것인지 판단하기가 쉽지 않았다.

하지만 단순한 우연의 선택은 아닌 듯싶었다.

'함정은 아니다.'

그렇다면 배수지를 선택할 리가 없었다.

여기서 가장 강한 무영 본인을 흩뜨려 놓아야 정상이다.

배수지를 고른대도 다른 사람에게 영향을 끼치는 것도 아니고 말이다.

무영은 그동안 보인 배수지의 행동을 떠올렸다.

생각해 보면 언제나 생존을 위해 최선은 아니지만 차선쯤은 되는 움직임을 보이고 있었다.

당장 세발 땃쥐들의 습격에서 살아남은 게 그렇다.

다른 이들은 어떻게든 무영과 거리를 좁히려고 했는데, 배수지만은 오히려 무영과의 거리를 벌린 채 땃쥐들의 시선을 은연중 피할 자리를 선정했다.

머릿속에서 생각한 게 아니라 감, 본능으로 그런 선택을 한 것이다.

"나는 어느 문으로 가야 할 것 같지?"

그래서 물어봤다.

어차피 머리를 굴려도 확실한 정답은 없었다.

반면 배수지는 '확신'을 가진 듯 행동했다.

더욱 놀라운 건 배수지의 친부가 보이는 반응이었다.

보통의 부모라면 아이가 위험한 선택을 했을 때 막는 게 정상이다.

한데, 당연하다는 듯 아무런 제제도 하지 않는다. 아마도 배수지가 가진 '감'에 대해서 그는 알고 있는 것 같았다.

"음……."

배수지가 무영과 네 개의 문을 번갈아 바라보더니 잠시 후 하나를 선택했다.

"이쪽이요."

배수지의 손가락을 따라서 무영의 시선이 움직였다.

'어렵고 먼 길.'

무영은 고개를 주억거렸다.

이어 '어렵고 먼 길'이라 적힌 문 앞에 섰다.

"각자 배수지가 골라주는 문으로 들어간다."

"예?"

김태환이 그게 무슨 소리냐는 듯 눈을 동그랗게 떴다.

죽을지도 모르는데 어린아이의 말을 듣는다는 건 누가 뭐라 해도 평범한 일은 아니었다.

하지만 무영은 이게 맞는 선택이라고 생각했다.

'감'이라고 밖엔 설명할 수 없는 부분이지만, 무영은 40년이나 마계에서의 생활을 겪었기에 도리어 쉽게 인정할 수 있었다.

마계에서도 예지 비슷한 능력을 가진 자가 없진 않았던 것이다.

"배수지, 남은 문에 들어가야 할 사람을 선택하도록."

"태환 오빠랑, 이분이요."

배수지는 거침없이 김태환과 남자 한 명을 골랐다.

그리고 김태환에겐 '쉽지만 먼 길', 남자에겐 '쉽고 가까운 길'의 시련이 배정되었다.

"그, 그럼 저랑 이 사람이랑만 남아 있으라는 소립니까?"

애당초 들어가지 않겠다고 백기를 든 남자가 몸을 떨었다.

양손을 잃은 불구와 함께 있어봤자 괴물이 오면 끝장이라는 걸 알기 때문이다.

"이 신전에 있는 한 땃쥐들은 공격하지 않을 것이다."

고작 땃쥐들이 침범할 수 있을 만큼 호락호락한 장소가 아니다. 실제로 신전 근처로만 땃쥐들이 드나든 흔적이 없었다.

'최대한 빨리 끝내야 한다.'

아홉 시간 후에 자정이 찾아온다.

돌아가는 데 최소 한 시간은 필요하다.

그 전에 나오지 못한다면 숲의 지형이 바뀐다. 살아서 푸른 사원으로 돌아가기가 힘들어질 것이었다.

"그럼…… 살아서 보자."

무영은 가장 먼저 문을 열었다.

문 안은 마치 블랙홀처럼 어둠이 몰아치고 있었다.

쾅!

안으로 발을 들이자 기다렸다는 듯 문이 닫혔다.

〈'비탄의 방'에 입장했습니다.〉

문을 넘어선 즉시 무영은 주변을 둘러봤다.

황폐하기 그지없는 사막.

아무도 없고, 아무것도 없는 장소.

어디로 향해야 하는지 이정표조차 존재하지 않았다.

'가방과 법보가 없어졌군.'

게다가 마실 물과 식량도 사라진 상태다.

얇은 옷, 그리고 시미터가 가지고 있는 전부였다.

시련을 행하는 데 필요 없는 것들이 자동으로 배제된 듯싶었다.

'걷다 보면 무언가가 나올 테지.'

이름부터가 '어렵고 먼 길'이지 않았나.

문을 넘자마자 목표가 나타날 리 없었다.

무영은 거친 모래를 헤치며 나아갔다.

얼마나 걸었을까.

속히 하루는 내리 걸은 것 같았다.

예전의 몸이었다면 일주일을 쉬지 않고 걸어도 멀쩡했겠지만 지금의 몸으로는 슬슬 한계가 찾아오고 있었다.

먹을 것과 마실 것 역시 문제가 됐다.

체력이 충분히 비축되지 않은 상태로 목적 없이 걷는 건 그 자체만으로도 굉장히 지치는 일이었으니까.

보통의 사람이라면 심력이 깎여 나갔을 것이다.

하지만 무영은 보통의 사람이 아니었다.

'아직은 버틸 만하다.'

무겁게 발을 옮겼다.

그렇게 몇 시간을 더 걷자 오아시스가 나타났다.

'독.'

하지만 오아시스의 물은 보랏빛을 띠었다.

냄새를 맡고 혓바닥을 내밀어 맛을 봤다.

퉤!

즉시 물을 뱉어내고 무영은 몸을 돌렸다.

독이 섞여 있었다. 극독은 아니었지만 마시면 잠시의 갈증만 해결될 뿐이었다.

마땅한 도구도 없는 상태에서 독이 섞인 물을 증류하는 것도 썩 좋은 선택이 아니었다.

사흘째.

다음으로 나타난 건 사막 토끼였다.

사냥을 하고자 뛰었지만 사막 토끼는 무영보다 약간 더 빠른 움직임으로 피했다.

잡힐 듯 잡히지 않을 듯.

조금의 거리는 좀처럼 좁혀지지 않았다.

'이런 식이로군.'

삼 일을 내리 굶었으니 이성이 마비된 사람이라면 어떻게든 토끼를 잡고자 모든 힘을 사용할 것이다.

하지만 무영은 즉시 이게 시련이고 농간임을 깨달았다.

토끼를 잡는 걸 포기하고 움직이려 하지 않는 발을 억지로 들었다.

그렇게 몇 시간을 더 걸었을까.

털썩!

천하의 무영조차 바닥에 쓰러지고 말았다.

'여기서 쓰러질 순 없다.'

정신은 육체를 지배한다.

무영은 극도의 정신력으로 육체를 들어 올리는 데 성공했다.

처음에 비하면 무척이나 느렸지만 무영은 포기하지 않고

걸었다.

부족한 열량을 때우고자 육체는 무던히 근육을 태웠다.

마실 것조차 없는 상황에서 살아남기 위한 어쩔 수 없는 선택이었다.

무영의 몸은 금세 뼈만 남게 되었으며 머리카락도 대거 빠져나가기 시작했다.

그런데도 죽지 않고 움직이는 건 무영이기 때문이다.

40년간 무영은 본인의 삶을 산 적이 없었다.

다른 삶을 살고 싶었다.

조금이라도 의미 있는 그런 삶을 말이다.

하지만 불가능한 꿈이었다.

그런데 기회가 주어졌다.

이 기회를 시작하자마자 날릴 순 없었다.

수십, 수백 번 포기할 수 있는 기회가 있었음에도 무영은 계속해서 움직였다.

중간중간 물과 먹을 게 나왔지만 그것이 단순한 유혹임을 알았기에 쳐다보지도 않았다.

그렇게 체력과 정신력이 극한에 달했을 때 누군가가 앞을 막아섰다.

"살수림을 왜 무너뜨렸지? 우린 40년간 잘해오지 않았더냐."

신기루인가?

남자는 살수림의 주인, 살주였다.

무영은 손을 저었다.

하지만 살주는 사라지지 않았다.

"내…… 삶이…… 아니었다."

"너와 오랜 시간 동고동락한 동료들마저 죽이지 않았는가? 함께 웃고 떠들었던!"

"우린…… 웃은 적이…… 없다."

무영은 품에서 놓지 않던 시미터를 꺼냈다.

"기다려라. 이번에야말로 확실하게 지워주마."

마계로 돌아가면 가장 먼저 지울 대상이 살수림이었다.

바로는 힘들겠지만 힘을 길러 최대한 빠르게 끝장낼 것이다.

촤악!

시미터를 휘두르자 살주가 피를 내뿜었다.

꿀꺽!

무영은 살주에게서 흐르는 피를 마셨다.

살주의 육체를 씹었다.

그러자 주변으로 300에 달하는 살수가 나타났다.

망령들.

모두의 눈빛이 공허하다.

왜 자신을 죽였느냐고 책망하는 것 같았다.

하지만 무영은 그들을 보고 이를 드러내곤 웃었다.

"나는 내 선택을 후회하지 않는다."

마지막 힘을 짜내어 검무를 췄다.

〈업적 달성율 227.7%〉

〈정해진 시련을 한참이나 넘어섰습니다.〉

〈불가해(不可解)의 영역에 발을 들인 인간에게만 주어지는 특혜, 히든 피스가 발동됩니다.〉

〈특수 능력치 '투기'가 발현되었습니다.〉

〈'비탄의 그레모리'를 전승했습니다.〉

〈무기 '비탄'을 획득했습니다.〉

〈스킬 '27군단의 마왕'이 생성됐습니다.〉

3장
보스전

문이 나타났다.

문으로 들어가자 환한 빛이 무영을 감쌌다.

무영은 눈을 감았고, 다시 눈을 떴을 때 자신을 바라보는 이들을 발견할 수 있었다.

모두 다섯 명.

'내가 제일 늦었나.'

사막은 길었다.

몇 날 며칠, 어쩌면 수십 일 동안 무영은 그저 끊임없이 걸었을 뿐이다.

설마 그 오랜 시간을 기다린 걸까?

무영은 손을 폈다. 머리를 만졌다.

뼈가 보일 정도로 말랐던 신체도, 거의 다 빠진 머리카락도 원상태로 돌아와 있었다.

'환상.'

무영은 문 너머의 세상이 환상이었음을 깨달았다.

문 안에선 알 수 없었지만 문을 넘어오자 확실해졌다.

"괜찮으십니까?"

김태환이 다가왔다.

그는 안 보이던 방패를 착용하고 있었다.

원통형의 루비가 박힌 붉은 방패.

범상치 않은 기운이 느껴지는 걸 보아 시련을 통과해서 얻은 보상인 모양이었다.

무영의 시선이 방패에 박히자 김태환이 멋쩍게 웃었다.

"아, 이 방패요? 시련을 통과했더니 이걸 주더군요. B급 '척결의 방패'입니다."

B등급이면 마계에서도 흔치 않은 무구다.

거대 길드에서도 중요한 이에게만 배급하는 수준.

초보자가 가질 수 있는 그런 물건이 아니었다.

김태환은 B급 무장을 얻었다는 사실에 제법 의기양양했다.

"형님, 알 수 없는 효과가 붙어 있어서 그런데, 좀 봐주시겠습니까?"

김태환은 숲에 들어온 이후로 무영을 형님이라 부르고 있었다.

이어 그가 무영에게 방패를 내밀었다.

본래라면 동료 사이에서도 자신이 착용한 무구는 넘기지 않는 게 불문율이다.

그만큼 아직 이 세계에 물들지 않았다는 뜻이겠지만, 무영도 궁금했기에 가만히 방패를 받아 들었다.

명칭: 척결의 방패
등급: B
분류: 장착형
내구: 8,500
효과: 적이 많을수록 '강인함' 버프를 얻는다.

"괜찮은 걸 건졌군."

무영은 고개를 주억거렸다.

내구도 상당히 높지만 그보다 '강인함'에 더욱 눈길이 갔다.

B등급에서도 강인함 효과를 가진 물건은 극히 드물었다.

하물며 적이 많을수록 강인함이 증가된다.

전쟁터에서 사용한다면 B+급, 내지 A급을 줘도 충분했다.

그러나 무영의 반응에 김태환은 더욱 어리둥절할 뿐이었다.

"강인함이라는 게 뭔지 모르겠습니다."

"저주나 마법을 반감시키는 효과다. 공포와 같은 원초적인 두려움에도 저항을 가져다주지."

무영은 다시 방패를 건넸다.

괜찮긴 하지만 자신은 방패술과 거리가 멀었다.

시크릿 클래스 중 방패를 사용하는 '빛의 수호병' 같은 게 있기는 했지만 안타깝게도 얻는 방법을 모른다.

방패를 돌려받은 뒤 김태환이 말했다.

"그런데…… 형님도 굉장히 달라지신 거 같습니다."

김태환은 무영의 전신을 훑다가 허리에 메인 검집을 바라봤다. 본래 힘의 시미터가 있어야 할 자리에 전혀 다른 검이 들어가 있었다.

무영은 검을 뽑았다.

피를 머금은 듯 붉은 칼날.

무언가의 뼈처럼 칼날 중간중간이 튀어나와 있었다.

명칭: 비탄

등급: A

분류: 장착형

내구: 30,000(수리 불가)

효과: 힘+5. 공격한 적의 피를 착취해 사용자의 체력을 회복한다.

A급이라니…….

어지간한 길드나 세가의 수장이 착용하는 수준이다.

효과도 뛰어났다.

체력이 부족한 무영에게 안성맞춤인 무기였다.

수리 불가라는 게 걸렸지만 내구도 자체가 엄청나서 최소 몇 년은 사용할 수 있을 것이었다.

내구도가 300밖에 안 되는 힘의 시미터도 날이 많이 빠지긴 했지만 여태껏 사용했으니 말이다.

'척결의 방패와는 비교가 안 되는군.'

척결의 방패는 조건이 걸려 있다.

'적이 많을수록.'

반대로 적이 소수면 강인함 효과를 얻지 못한다는 의미다.

하지만 비탄은 그저 공격만 하면 된다.

적의 피를 볼 수만 있다면 내구가 0이 되지 않는 한 무한정으로 싸울 수 있게끔 만들어주는 것이다.

하지만 얻은 건 비탄뿐이 아니었다.

무영은 상태창 시계를 돌려 능력치를 확인했다.

이름 : 무영

전승 효과 –〉 비탄의 그레모리(A, 모든 능력치+3)

직업 효과 –〉 없음

힘 30(22+8)

민첩 23(20+3)

체력 24(21+3)

지능 14(11+3)

지혜 15(12+3)

투기 13(10+3)

특이사항 : 투기에 눈을 떴습니다.

*투기가 높을수록 격이 낮은 적은 근처에 다가오기조차 못할 것입니다.

[전후 비교]

힘 11 민첩 13 체력 9 지능 9 지혜 8

힘 30 민첩 23 체력 24 지능 14 지혜 15

몸에 힘이 넘치더니, 이래서였나?

'허.'

무영조차 조금은 어이가 없을 지경이었다.

첫날과 비교하면 순수 능력치 자체도 꽤 많이 올렸지만 비탄과 전승 효과로 인해 더해진 능력치도 그에 못지않았다.

게다가 A등급이라면 같은 수준의 무기보다 훨씬 구경하기 어려웠다.

전승 효과 자체를 구하기가 무척이나 힘든 탓이다.

'보스전이 한결 쉬워지겠군.'

당초 예상한 능력 수치를 한참이나 웃돌았다.

김태환이 방패를 들고 막아주면 충분히 쉽게 보스전을 치를 수 있을 것 같았다.

이후 바로 시크릿 클래스를 얻고자 움직여도 될 듯했다.

'그나저나……'

모두 확인했으나 마지막 하나가 남았다.

'27군단의 마왕?'

무영의 기억이 틀리지 않다면 분명히 떠오른 마지막 글귀에 그와 같은 스킬을 얻었다고 명시되어 있었다.

직업을 얻기 전에 스킬이 생기는 일 자체가 무척 드물기는 했지만, 이름부터가 예사롭지 않았다.

스킬창을 열자 예상대로 하나만 덩그러니 놓여 있었다.

스킬 명칭: 27군단의 마왕(A+)

설명 - 27군단의 마왕이 될 자격. 그레모리는 본래 26개의 군단을 소유하고 있다. 26개의 군단은 모두 마왕이 지휘하며 그들 하나하나가 전율스러운 힘의 보유자이다.

〈히스토리에 '최초의 인간 마왕(?)'이 추가되었습니다.〉

〈연계 업적이 생성되었습니다.〉

〈Quest: 27군단의 마왕으로서 자격을 증명하십시오.〉

〈그레모리는 몇 안 되는 평화주의의 마신입니다. 자격을 증명하여 그레모리의 마왕이 될 수 있다면 누구보다 강대한 힘을 갖게 될 것입니다.〉

스킬을 확인하자마자 나타난 글귀들.

그것을 본 무영이 미간을 좁혔다.

'엄밀히 말하자면 스킬은 아니로군.'

그야말로 '자격'에 지나지 않았다.

하지만 그 자격이 무려 A+의 등급이었다.

증명할 수만 있다면 그 이상의 힘을 얻게 된다는 뜻.

'마신 그레모리의 마왕이 되는 연계 업적이라……'

그레모리는 과거에도 나타나지 않은, 베일에 싸여 있던 마신이었다.

그 이유가 평화주의자이기 때문이었을 줄이야.

잠시 고민한 무영은 그래도 나쁘지 않다는 결론을 내렸다.

힘을 얻을 수 있고, 그것으로 목적을 달성할 수만 있다면 마왕이 되는 것도 나쁠 건 없다.

무영이 이루고자 하는 바는 인류의 구원이었다.

하지만 모든 인류를 구할 생각은 없으니 무영이 되고자 하는 건 진정한 의미에서의 용사가 아니었다.

차라리 마왕 같은 용사라고 하는 편이 더 어울리겠다.

문제는 방법이었다.

어떤 식으로 해야 되는지.

그레모리가 어디에 있는지도 모르는 무영으로선 뜬구름 잡기와 같았다.

'언젠가는 달성하겠지.'

하지만 무영은 개의치 않았다.

그레모리의 신전을 첫날부터 찾은 것부터가 무언가의 이 끌림이 아니고선 불가능한 일 아니겠는가.

그렇다면 물음표의 연계 업적도 반드시 이룰 수 있을 것이다.

"아저씨, 저는 직업이 생겼다고 하는데……요."

배수지가 조심스럽게 다가왔다.

그러면서 자신의 상태창 시계를 풀었다.

이 역시 마계에선 절대적인 금기로 통한다.

하나 김태환이 방패를 준 것과는 비교도 안 된다.

"남에게 절대 그 시계를 보여주지 마라."

"네……."

무영의 냉정한 발언에 배수지가 고개를 푹 숙였다.

하지만 이내 다시 고개를 들곤 말했다.

"그럼 아저씨한테만 보여줄게요. 어차피 제가 뭘 가졌는지도 모르면 위험한 건 똑같잖아요?"

무영은 잠시 배수지의 눈을 바라봤다.

아홉 살배기 여자아이의 발언이라곤 믿기지 않는다.

참으로 맹랑한 녀석이지 않는가.

그리고 배수지의 말도 틀리진 않았다.

자신이 가진 게 뭔지 모르는 것 또한 위험한 일이다.

가만히 배수지의 상태창 시계를 받고 살폈다.

이름: 배수지

전승 효과 -〉 없음

직업 효과 -〉 여명의 발키리(Secret, 고난 뒤에 빛이 있으라.)

힘 11

민첩 11

체력 11

지능 11

지혜 11

특이사항 : 없음

'시크릿 클래스도 얻을 수 있었군.'

발키리(Valkyrie)는 뜻 자체가 신을 섬기는 싸움의 처녀다.

여자만 얻을 수 있는 종류의 클래스인 듯싶었다.

여명의 발키리는 과거에도 들어본 적이 없다. 하기야 그러니 시크릿 클래스일 터였다.

시크릿 클래스를 가진 자는 과거에도 100명이 넘지 않았다. 그것만 봐도 충분히 가치가 있다는 걸 알 수 있다.

배수지는 엄청난 성장 가능성을 얻은 셈이다.

다만, 의문인 점은 뒤의 글귀였다.

'고난 뒤에 빛이 있으라.'

참으로 애매한 효과이지 않은가. 시련을 겪을수록 강해진다는 걸까? 어쩌면 모든 능력치가 11인 것도 관계가 있을지 모르겠다.

쿵. 쿵. 쿵.

찌이익. 찌직!

그 순간이었다.

바깥이 요란스러워졌다.

'땃쥐들이군.'

무영은 엄청난 숫자의 기척이 이쪽으로 다가옴을 느꼈다.

"이, 이 소리는 괴물들이 다가오는 거 아닙니까?"

"신전 안으로는 못 들어오겠죠?"

여전히 겁 많은 두 남자가 무영에게 물었다.

하지만 무영은 고개를 저었다.

문이 모두 사라지고 다윗의 별이 빛을 잃었다.

쾅! 쿠르릉!

바깥의 여신상에 금이 가며 무너지기 시작했다.

이러한 징조가 의미하는 건 한 가지뿐이었다.

"받아라. 그리고…… 준비해라."

배수지에게 상태창 시계를 넘긴 뒤, 무영은 비탄을 뽑았다.

"적이 몰려온다."

넓은 공동.

수많은 구멍을 통해 땃쥐들이 꾸역꾸역 몰려나오고 있었다. 그 숫자가 족히 이천은 넘어 보였다.

"입구를 틀어막아라. 좁은 길목에서 싸우면 이길 수 있다."

그나마 다행이라면 신전 자체가 무너지진 않았다는 것.

신전의 입구에서 땃쥐들을 막으면 조금이나마 희망이 있다. 아무리 많아도 입구를 통해 들어올 수 있는 숫자는 한정적이기 때문이다.

무영은 먼저 '땃쥐의 포효' 법보를 들었다.

하지만 땃쥐들의 움직임엔 전혀 변화가 없었다.

'땃쥐를 움직이는 존재가 있군.'

이만한 숫자를 통솔하는 무언가가 있다는 소리다.

D급 법보로는 어찌할 수 없는 강력한 명령 체계로 묶었기에 땃쥐들이 법보의 효과에서 자유로운 것이었다.

'비탄이 없었으면 큰일 날 뻔했어.'

무영은 법보를 집어넣었다.

콰악!

그리고 비탄의 날을 세워 다가오는 땃쥐의 목을 쳐 냈다.

동시에 비탄은 땃쥐의 피를 빨아들였다. 빨아들인 피는 체력으로 전환됐다. 활력이 솟으며 힘이 넘쳤다. 적어도 지쳐서 쓰러질 일은 없을 터.

"대열을 지켜라!"

"크아아악!"

김태환은 방패를, 배수지는 시크릿 클래스를, 그리고 나머지 한 명은 단검 두 자루를 얻은 것 같았다.

비명을 내지르며 단검을 마구잡이로 휘두르기 시작한 남자가 그제야 눈에 들어왔다.

'강백수라고 했던가?'

그도 시련을 통과한 모양이었다.

겁 많고, 누구보다 빨리 죽으리라 생각해서 굳이 이름을 외우려 하진 않았지만, 시련을 통과했다면 얘기가 다르다.

당장은 충분히 도움이 될 전력이었다.

"아무도 못 지나간다, 이 쥐새끼들!"

김태환은 척결의 방패를 들고 땃쥐가 들어오는 길목을 막았다.

무영을 제외하고 유일하게 겁을 먹지 않은 자.

척결의 방패에서 나타난 '강인함'이 두려움과 같은 감정을 약화시킨 덕분이었다.

적이 많을수록 강인함 효과가 강해지니 말이다.

"여명의 검."

배수지가 작게 외치자 손에서 빛의 검이 생성되었다.

시크릿 클래스, 여명의 발키리가 가진 고유 스킬인 듯싶다.

파괴력은 크지 않았지만 땃쥐 하나를 상대하기엔 충분했다.

푹!

콰득!

비탄이 땃쥐의 몸에 박히고 내부를 진탕시켰다.

비탄을 뽑자 풍선이 터지듯 땃쥐의 몸이 폭발하며 조각이 주변에 펼쳐졌다.

거기서 끝이 아니었다.

모두가 입구를 막아설 때, 무영만은 앞으로 전진하고 있었다.

시련을 통과하며 얻은 능력치는 육체의 힘이 되었다.

그 폭이 크지 않다고 하더라도 무영은 최소의 힘으로 최대의 파괴력을 낳는 방법을 안다.

미세한 근육의 움직임, 공기의 저항, 최적의 각도 따위를 본능적으로 계산해서 한 치의 낭비도 없이 움직이고 있었다.

그에 비해 땃쥐들의 움직임은 매우 단조롭다.

숫자가 많기는 하지만 무영의 발걸음을 막을 순 없었다.

지치지 않고 미친 듯이 날뛰는 무영의 모습을 보며 사람들은 전율했다.

"허……."

"하여간 미친 양반이야."

강인함 효과로 굳건히 신전의 입구를 막아서던 김태환도, 정신없이 단검을 휘두르던 강백수도 혀를 내두를 수밖에 없었다.

처참히 썰리는 땃쥐들이 도리어 불쌍해 보일 지경이다.

만약 무영의 검이 자신들에게 향한다면?

'삼십육계.'

모두가 같은 생각을 했다.

도망.

그 외에 방법이 없었다.

하지만 과연 도망칠 수 있을지는 의문이었다.

그렇기 때문에, 그것을 알기에, 사원에서 누구도 무영을 건드리지 못한 것이지만…… 지금은 그때보다 훨씬 강해졌다.

괴물이란 단어가 그들의 머릿속에 아롱이 새겨졌다.

'어디 있느냐.'

무영은 비탄을 휘두르며 쉴 새 없이 눈동자를 굴렸다.

멀지 않은 장소에 땃쥐를 조종하는 존재가 있을 터였다.

그 와중에도 법보는 강화되어 가고 있었다.

〈'땃쥐의 포효' 법보를 5장 모았습니다.〉

〈'땃쥐의 포효(D)'가 '땃쥐 종결자(C)'로 변경되었습니다.〉

〈'땃쥐'와 관련된 법보를 한계치까지 강화시켰습니다.〉

〈마지막 강화를 위해선 '대왕 땃쥐'의 법보가 필요합니다.〉

법보를 많이 모은다고 무작정 등급을 올릴 수 있진 않다.

한계치라는 게 있고, 특히 F등급에서 시작한 땃쥐 관련 법보는 C등급 정도가 끝인 게 맞았다.

물론 그 한계조차 깨버리는 '초월 강화'가 있긴 하지만, 필요한 재료도 재료거니와 거기에 따른 수고가 장난 아니었다.

당장은 그림의 떡과 다를 게 없었다.

'땃쥐의 움직임이 모두 읽힌다.'

땃쥐 종결자 법보는 주변의 모든 땃쥐에 대한 정보를 무영에게 가져다줬다.

무영은 본능적으로 이 동공에 아직 1,538마리의 땃쥐가 남았음을 깨달았으며, 동시에 땃쥐를 조종하는 존재가 어디에 있는지 알게 되었다.

'거기 있구나.'

동공 너머.

그곳에 땃쥐의 왕이 있었다.

무영은 거칠 것 없이 길을 뚫고 나아갔다.

어차피 신전의 입구는 좁고, 김태환이 버티는 한 쉽게 뚫리진 않을 것이다.

굳이 무영도 함께할 필요는 없다는 뜻.

그보단 대왕 땃쥐를 빠르게 죽여서 전투를 끝내는 편이 현명하다.

무영은 공동에 뚫린 수천 개의 굴 중 가장 거대한 굴 쪽으로 발을 옮겼다.

크릉. 크르릉.

굴로 들어서자 예상대로 유독 거대한 땃쥐가 무영을 기다리고 있었다.

족히 2m는 되어 보이는 크기.

보통의 땃쥐보다 5배 이상 크다.

주변에 다른 커다란 땃쥐들이 있는 걸 보면 이곳이 놈의 소굴인 듯싶었다.

여기서 신호를 보내 땃쥐를 움직인 것이다.

"왕이면 왕답게 앞으로 나서라."

크롸앙!

마치 사자처럼 울부짖으며 대왕 땃쥐가 커다란 앞발을 휘둘렀다.

촤앙!

비탄이 튕겨 나갔다.

무영의 힘이 약해서인 탓도 있지만, 그만큼 대왕 땃쥐의 발톱이 단단하고 예리하기 때문이다.

'힘 대결로 가서는 승산이 없겠군.'

단 한 번의 격돌이었을 뿐인데 어깨가 저릿했다.

제대로 피격당했다간 몸이 남아나질 않을 것이다.

무영은 계획을 바꿨다.

어쩔 수 없지만 지구력 싸움으로 가자고!

푹!

콰드득!

비탄이 주변의 땃쥐들을 먹어치웠다.

순식간에 체력을 회복한 무영이 다시금 대왕 땃쥐와 전면전을 벌였다.

그러다가 다시금 체력이 부족해지면 다른 땃쥐들을 공격했다.

크와아아앙!

그럴 때마다 대왕 땃쥐의 몸동작이 과격해졌다.

'피가 이어졌나.'

바깥에서 전투 중인 땃쥐들은 이곳이 왕의 둥지이기 때문인지 들어오려고 하지 않았다.

대신 원래부터 있었던 땃쥐들이 있었는데, 아무래도 대왕 땃쥐의 새끼인 모양이었다.

그래서 필사적으로 무영을 막아섰지만 무영은 냉정하기 그지없었다.

"네놈은 나를 공격해선 아니 됐다."

비탄이 닥치는 대로 피를 갈구하고 먹어치웠다.

서로가 살기 위해 죽이는 전장.

작은 동정이 비극을 부른다.

그것을 누구보다 잘 알기에 무영은 망설이지 않았다.

치이이이익!

비탄을 바닥에 끌고 소리를 내어 대왕 땃쥐에게 혼란을 줬다.

가뜩이나 흥분한 대왕 땃쥐가 앞뒤 가리지 않으며 무영에게 달려들었다.

이어 대왕 땃쥐의 배가 드러났고, 순간의 기회를 포착한 무영이 비탄을 그 가운데 꽂아 넣었다.

키이익.

놈이 비명을 내질렀다.

하지만 그 비명도 얼마 가지 못했다.

쿠우웅!

무영이 비탄을 빼고 물러서자 대왕 땃쥐의 몸이 쓰러졌다.

이어 무영은 녀석의 시체 위로 솟아난 법보를 손에 쥐었다.

〈'대왕 땃쥐' 법보를 획득했습니다.〉

〈'땃쥐 종결자(C)'와 '대왕 땃쥐(C)' 법보가 합쳐지며 '땃쥐의 제왕(B)'으로 변경되었습니다.〉

두 장의 법보를 겹치자 빛을 내뿜더니 이처럼 변화했다.

'땃쥐의 제왕이라.'

보통 한 가지 종류의 괴물을 수없이 사냥하고, 왕마저 없앴을 때 적어도 그 종에 대한 절대적인 효과를 지니는 법보가 나타나게 되어 있다.

마왕이나 마신에게도 통용되리라는 확인 불가능한 소문도 있기는 했지만, 어쨌든 땃쥐는 마계에서도 그 특유의 번식력 때문에 흔한 괴물이었고 관련 법보를 얻은 사람도 많았다.

무엇이 나올지 대략 예상이 됐다.

무영이 시선을 주자 법보의 정보가 떠올랐다.

명칭: 땃쥐의 제왕

등급: B

분류: 지속형, 성장형

효과: 모든 땃쥐의 주인, 땃쥐의 제왕을 소환한다.

"소환."

간단하기 그지없는 시동어를 입에 담자 법보의 표면이 출렁거리며 땃쥐 한 마리가 튀어나왔다.

크기는 주먹보다 조금 큰 정도.

낑, 끼이잉.

누가 봐도 새끼였다.

'이래서 성장형인 거군.'

무영은 제왕 땃쥐의 목을 잡았다.

이후 동굴을 나오자 모든 땃쥐가 고개를 돌려 이쪽을 바라봤다.

"꺼져라!"

끼긱! 끼기긱!

동시에 큰 혼란이 일어났다.

대왕 땃쥐의 신호가 끊겼을진대, 무영으로부터 더욱 강한 신호가 감지되었기 때문이다.

무영이 크게 소리치자 땃쥐들이 굴속으로 도망갔다.

"헉! 헉! 괜찮으십니까?"

곧 신전 입구를 막고 있던 다섯 명이 다가왔고 그중 김태환이 말했다.

무영은 무표정하기 짝이 없는 얼굴로 말했다.

"바로 출발한다."

얻을 건 모두 얻었다.

이곳에 더 머물러서 좋을 게 없다.

숲은 어두웠다.

저녁.

하지만 자정을 넘기진 않았다.

하루가 지나지 않은 것이다.

무영은 오면서 남겨둔 흔적을 따라 움직였다.

지형만 안 바뀌었다면 충분히 시간 내에 도착할 수 있을 것 같았다.

그렇게 두 시간가량을 이동해서 사원에 도착했을 때, 무영을 제외한 전원이 파김치가 되어 바닥에 몸을 밀착시켰다.

"이젠, 헉! 때려, 죽여도, 헉! 못 움직입니다!"

"헥헥헥⋯⋯!"

대부분이 죽지 못해 살아 있다는 표정을 지어 보였다.

고작 하루.

그러나 그 이상의 경험을 겪었다.

하루 만에 그들의 기도가 달라졌음을 무영은 느꼈다.

"약속대로 빵과 물을 나눠 주겠다."

무영은 그들에게 빵과 물을 배급했다.

다들 지쳤을 텐데도 꾸역꾸역 받은 빵을 목구멍에 쑤셔 넣었다.

"받아라."

"고, 고맙습니다."

이마에 흐르는 땀을 닦으며 배수지가 말했다.

세 조각밖에 안 되지만 그것을 마치 보물이라도 되는 양 소중하게 품에 안았다.

무영은 그 모습을 보며 가만히 입을 열었다.

"누구에게도 네가 가진 클래스 명을 말해선 안 된다."

"아빠한테도요?"

"그래."

시크릿 클래스란 그만큼 희귀하고 가치가 높다.

마계로 들어간 직후 그 사실이 알려지면 피바람이 불 것이다.

어떻게든 얻고자, 자신이 얻지 못할 바엔 죽이고자 거대 길드와 세가들이 움직인다.

나이답지 않다고 해도 어린 배수지가 그 험난한 바람을 견뎌낼 수 있을 리 없다. 그러니 힘을 갖추기 전에는 설령 친부라 한들 비밀로 하는 게 좋다.

"알겠어요. 충고해 주셔서 감사합니다."

꾸벅!

고개를 90도로 숙인 후 배수지가 쪼르르 친부에게 달려갔다.

'괜찮은 흐름이군.'

솔직히 모두 무사히 돌아온 것 자체가 의외였다.

그리고 생각 이상으로 잘 따라와 준 덕택에 원하는 바를 이룰 수 있었다.

처음에는 단순히 짐꾼이라 생각했지만 조금씩 인식이 변하고 있었다.

"뭐야? 돌아왔네?"

"여기 봐요! 사람들이 돌아왔어요!"

머지않아 늦은 저녁임에도 사람들이 한두 명씩 모여들기 시작했다.

졸린 눈을 비비던 이들도 귀환자를 발견하곤 입을 떡 벌렸다.

사원을 벗어났으니 살아서 돌아오리라 생각하는 사람은 별로 없었다.

그런데 한 명도 빠짐없이 생환한 것이다.

순식간에 주변은 인산인해를 이뤘다.

"꼴이 말이 아닌데 어떤 괴물과 싸운 겁니까?"

"뭐 건져 온 거 있습니까?"

"다시 돌아가는 길은 찾았나요?"

바깥으로 나갔다가 귀환한 그들에게 궁금증을 느끼지 않

을 사람은 없었다.

단 한 명.

오주영을 제외하고는.

"씨발, 뭐 그게 대수로운 일이라고 호들갑들이야?"

걸쭉한 욕과 함께 껄렁이는 태도로 그가 다가왔다.

동시에 침묵이 찾아왔다.

오주영은 가장 강한 3인 중에 하나였고 특유의 태도 때문에 무서워하는 사람이 많았다.

사람들을 뚫고 김태환 앞에 다가선 오주영이 이를 갈며 말했다.

"오늘 네 명이 죽었어, 새끼들아. 너희가 그 잘난 탐색을 해보겠다고 나간 덕분에!"

하루에 한 번.

사원으로 괴물들이 쳐들어온다.

하지만 무영을 비롯한 6인은 이른 아침 사원을 나섰다.

당연히 부족해진 전력으로 괴물에게 맞설 수밖에 없었고, 그 과정에서 네 명의 희생자가 나왔다.

첫날을 제외하면 가장 많은 숫자.

아무래도 무영과 김태환이 자리에 없었던 게 큰 파장을 일으킨 듯싶었다.

특히 무영은 홀로 괴물의 절반가량을 씹어먹었으니 빈자리가 매우 크게 다가왔을 터.

그래도 네 명이면 상당히 선전한 것이었다.

잠시 후 오주영이 자신의 왼손을 들어 보였다.

가운뎃손가락이 부자연스럽게 짧았다.

"죽은 사람만 네 명이고 다친 사람은 더 많다. 나도 손가락 하나가 먹혔어. 내가 아니었으면 절반은 죽었을 거다! 그런데 너희는 보물찾기라도 하고 온 건가? 방패가 아주 멋져 보이는군그래!"

오주영이 김태환이 가진 척결의 방패를 보며 이죽거렸다.

김태환이라고 할 말이 없을 리 없었다.

수천의 땃쥐와 사투를 벌이고 돌아왔으니.

하지만 쉽사리 입을 열 수 없었다. 지금 상황에선 무슨 말을 하든지 변명이 되리라는 걸 알기 때문이다.

현장의 주도권은 온전히 오주영에게 넘어가 있었다.

"쯧!"

무영은 혀를 찼다.

그리고 오주영에게 다가갔다.

"탐색은 필요한 일이다."

"아저씨는 빠지쇼! 나는 천하의 박애주의자 김태환에게 말하고 있는 거니깐!"

"이 탐색은 내가 주도했다. 할 말이 있으면 나한테 하는 게 올바른 수순 아닌가?"

무영은 가만히 오주영을 바라봤다.

오주영이 김태환만 몰아가는 이유는 간단하다.

어차피 무영은 무리를 만들 생각이 거의 없어 보이고, 이 사원의 왕이 되는 데 방해될 사람은 김태환밖에 없다고 여겼기 때문이리라.

무영의 시선을 받은 오주영이 이를 바득 갈다가 이내 진정하며 입을 열었다.

"많은 사람이 김태환에게 기대고 있었습니다. 적어도 김태환만큼은 탐색을 나가선 안 됐어요."

"김태환이 그들의 보모라도 된다는 소리 같군."

"그건 아닙니다만, 정신적인 지주라는 게 있지 않겠습니까?"

"홀로 서지 못한 자는 어차피 죽는다."

누군가에게 기대는 이들은 마계까지 갈 필요도 없이 사원에서 죽게 되어 있었다.

기대며 안주하는 순간 성장은 끝나고 괴물의 먹이가 된다.

또한, 누군가를 돌볼 수 있는 건 오로지 강자만 할 수 있는 권리다.

김태환은 결코 강자가 아니었다.

약자가 서로를 보듬어주는 이야기는 동화에서만 존재하는 것이다.

마계는 오로지 강자만이 모든 걸 가지고, 권리를 행사할 수 있는 절대적인 강자 독식의 세계이므로.

"그럼 다 죽어도 된다는 말입니까?"

오주영이 목에 핏줄을 세웠다.

무영과 부딪친 이상, 여론을 조금 더 자신의 쪽으로 몰아오려는 의도가 다분히 보인다.

"그렇다. 남에게 기대면서 살아갈 수밖에 없는 이는 버텨봤자 더한 지옥을 맛볼 뿐이니."

하지만 무영은 내뱉은 말을 철회할 생각이 조금도 없었다.

당장 무영만 해도 40년이나 자신의 의지와 상관없이 살수로서 살아왔다.

돌아오기 전까지 무영의 40년은 고통뿐이었다.

동료라 생각한 이들의 살점을 씹어먹고 버텨온 세월.

그런 걸 경험할 바엔 지금 죽는 게 오히려 축복이다.

"하! 아저씨는 강하니까 다 죽어도 혼자 살 수 있겠죠."

"내가 강한 게 아니라 너희가 약한 것이다."

무영은 확언했다.

돌아오기 전 무영과 지금의 무영을 비교하면 그야말로 새발의 피조차 되지 못한다.

하물며 마계에는, 단순 육체적 능력치만 보자면, 자신보다 괴물인 자가 많았다.

무영은 사원 바깥의 허수아비를 가리켰다.

"따로 훈련하는 사람이 있나? 사원 바깥에 괴물이 있다는 걸 알고는 단번에 포기해 버렸지 않았던가. 투정은 애나 부리는 것이다. 노력조차 하지 않으면서 말만 늘어놓으면 괴물의 먹이가 되는 게 당연하다."

이곳에서 가장 어린 배수지조차 투정 부리지 않았다.

도리어 자신의 생존 가능성을 살피고 탐색에 나섰다.

게다가 괴물은 사정한다고 봐주지 않는다.

무영이 매일같이 허수아비를 때릴 때 근성을 가지고 함께한 사람은 한 명도 없었다. 그 외에 따로 훈련하는 모습도 보이지 않았다.

매일 쳐들어오는 괴물을 사냥하는 것만으로도 충분하다고 생각해서다.

"아저씨는 경험자 아닙니까? 먼저 사원에 있었……!"

퍼억!

오주영의 신체가 하늘을 날았다.

쿠웅!

바닥에 볼썽사납게 떨어진 오주영이 목을 부여잡았다.

"커헉!"

불시에 가슴을 얻어맞아서 기도가 막혔다.

오주영이 바닥에 쓰러져 아등바등하자 무영은 오주영의 배를 발로 밟았다.

"이곳은 야생이다. 어떠한 법도, 규율도 없다. 내가 너를 죽이고자 했다면 누가 나를 막을 수 있지? 스스로의 몸은 스스로 지켜야 한다."

꾸욱!

무영이 발에 힘을 더 강하게 줬다.

"끄…… 끄헙! 허억!"

오주영의 얼굴이 새빨갛게 달아올랐다.

이대로 조금만 더 힘을 주면 몸 내부의 공기가 위로 흘러 뇌에 타격을 줘서 죽게 될 것이다.

무영은 무표정하기 이를 데 없는 얼굴로 오주영을 내려다 봤다.

그러자 오주영의 얼굴에 죽음이라는 공포가 새겨졌다.

무영은 가만히 고개를 숙여 오주영의 눈을 똑바로 직시했다.

"아니면, 내가 적이 될 수 있다는 생각은 한 번도 해본 적이 없는 건가?"

어느 누구도 무영을 말릴 수 없었다.

이게 현실이었다.

아무리 잘나고 파벌을 나눠도 강자 한 명에 모두가 침묵할 수밖에 없는.

이런 현실을 바꾸고 싶다면 움직여야 한다. 누구보다 노력해야 한다.

무영은 그럴 생각이었다.

"제에……발!"

오주영이 홍시처럼 붉어진 얼굴로 사정하자 무영이 발을 뗐다.

"홀로 서라고, 강해지라고 강요하지 않겠다. 하지만 움직이려는 사람의 발목을 잡진 마라."

무영은 등을 돌려 사원 안으로 들어갔다.

그때까지 긴 침묵이 돌았다.

어느 누구도 움직일 수가 없었다.

무영이 한 발언에 무언가를 깨달은 사람들은 움직이기 시작했다. 그 숫자가 많지는 않았지만 그들 덕분에 한 가지씩 베일이 벗겨지고 있었다.

"힘이 올랐다는데?"

"나는 체력이 올랐어!"

단순히 허수아비를 때리는 것만으로도 능력치가 오른다는 사실에 점차 도전하는 사람이 늘어났다.

최소 만 번 이상은 타격해야 효과가 있지만 가만히 앉아서 허송세월을 보내는 것보단 훨씬 생산적이었다.

무영은 매일같이 탐색을 나갔고 돌아온 이후엔 울타리를 만들기 시작했다.

죽창같이 뾰족하게 나무를 잘라내 사원 주변을 감쌌다.

괴물이 쳐들어올 때를 대비해 사람들이 만든 덫은 있지만 효과적이진 못하다.

무영은 얼마 안 있어 쳐들어올 '보스'와의 대결을 준비하고 있었다.

'보스가 오기 전 수많은 괴물이 먼저 모습을 드러낸다.'

이 울타리는 그 괴물들의 행로를 조금이라도 방해하기 위해 만드는 것이었다.

물론 그냥 나무 울타리만 있어선 있으나 마나다.

무영은 '마취 꽃'을 채집하고 액을 추출해서 울타리 곳곳에 발랐다. 닿는 것만으로도 신체가 마비되는 강력한 마취 효과가 있었다.

거기에 괴물들에게 혼란을 주고자 향이 강한 자이언트 레오의 대변을 부었다. 자이언트 레오는 숲의 포식자로서, 적어도 이곳에선 가장 강한 괴물 중 하나라고 볼 수 있었다.

괴물은 반드시 하루에 한 번 사원으로 쳐들어오는데, 놈의 대변 향을 맡게 되면 혼란스러울 수밖에 없다.

'위험을 무릅쓰고 자이언트 레오의 영역에 다녀오길 잘했지.'

만약 자이언트 레오에게 발각되었다면 쉽사리 벗어날 순 없었을 것이다.

하지만 수월한 보스전을 위해선 자이언트 레오의 대변이 필요했다.

"아저씨, 다 발랐어요."

그리고 그 대변을 바르는 일을 배수지가 하고 있었다.

통을 들고 작업했지만 온몸에서 대변 냄새가 가득했다.

낑, 끼이잉.

배수지가 끼끼이라고 이름 지은 땃쥐의 제왕이 슬금슬금 배수지를 피했다. 자이언트 레오의 무서움을 끼끼이도 본능적으로 느낀 것이다.

누구도 하고 싶어 하지 않을 일.

배수지는 자처해서 나섰다.

'이것도 감인가?'

하지만 이 작업이 생존을 위해 큰 도움이 된다는 걸 배수지는 알까?

자이언트 레오의 향취를 가장 많이 풍기는 배수지.

저 냄새는 씻어도 며칠간은 사라지지 않는다. 괴물들도 쉽사리 공격하진 못할 것이었다. 본능적으로 깨닫고 지원했다면 그 감은 대단하다고 할 수 있었다.

무영은 울타리 전체를 훑어보곤 고개를 끄덕였다.

"수고했다."

"빵은 조금 있다가 주세요. 그리고……."

삶은 빵 두 개였다.

배수지가 잠시 무영의 뒤를 바라보다가 조심스럽게 말했다.

"수련한 다음에 끼끼이랑 놀아도 되나요?"

끼, 끼이잉.

땃쥐의 제왕.

끼끼이가 애처롭게 몸을 떨었다.

무영은 대수롭지 않게 말했다.

"마음대로 해라."

"와아! 감사합니다."

애는 애였다. 배수지가 웃음을 머금으며 허수아비 쪽으로 달려갔다.

'그럼⋯⋯.'

무영은 어깨를 주무르며 자리에서 일어났다.

'남은 건 기다리는 것뿐이로군.'

준비할 수 있는 건 모두 준비했다.

무영만이 아니라, 다른 이들도 각자 할 수 있는 걸 했다.

이제 보스를 맞이하여 얼마나 피해 없이 사냥하느냐만 남았을 따름이다.

크르르르.

캬릉!

수백에 달하는, 머리가 두 개인 하이에나가 사원으로 돌격했다.

바로 '샴바'라고 불리는 괴물의 종이다.

무지막지한 속도로 다가오던 샴바들이 자이언트 레오의 채취를 맡곤 바로 앞에서 혼란을 일으켰다.

쉬이익!

푹!

그와 동시에 멀리서 다수의 화살이 날아들었다.

미리 대기하고 있던 사람들이 급조한 활과 화살로 공격하기 시작한 것이다.

"따라와라."

사람들이 샴바들과 싸우고 있을 때, 사원과 조금 떨어진 곳에서 무영은 비탄을 뽑았다.

괴물이 울타리를 넘기 전에 일을 끝내야 한다.

무영의 뒤로 김태환과 강백수가 따랐다.

별동대식으로 움직이려고 하기에 배수지는 남아서 사람들을 돕기로 했다.

"죽여! 다 죽여 버려!"

멀리서 오주영이 광란하며 샴바들을 맞이하는 게 보였다.

샴바들의 시선이 그쪽으로 쏠린 사이 무영은 빠르게 옆길을 돌았다.

무영이 노리는 건 샴바가 아니다.

샴바 뒤에 있을 보스다.

"앞은 내가 맡는다. 내가 신호하면 나오도록."

뒤로 갈수록 샴바의 숫자가 줄어들었다.

그리고 가장 후미, 사원과 숲을 잇는 좁은 길목에 유독 커다란 두 마리의 샴바가 있었다.

그 둘을 조용히 없애는 게 무영이 할 일이었다.

무영은 눈을 감고 최대한 심장 소리를 죽였다.

아무리 과거로 돌아갔대도 경험은 온전했다.

은신은 무영이 극에 도달했던 분야.

고작 샴바 따위의 눈을 피하지 못할 리 없었다.

쿵……?

하지만 지척에 도달했을 때 샴바 한 마리가 이상을 눈치 챘다.

무영은 빠르게 비탄을 휘둘러 샴바의 목을 갈랐다.

크르릉…… 꺽!

나머지 한 마리도 마찬가지였다.

무영이 손을 들자 두 명이 다가왔다.

"어, 어떻게 한 겁니까? 그냥 걸어갔는데 괴물이 눈치를 못 채다니……."

김태환은 믿기지 않는다는 듯 눈을 크게 뜨고 물었다.

그러나 무영은 답하지 않았다. 대신 느지막하게 입을 열었다.

"주변을 살펴라. 호위를 제거했으니 이제 나올 것이다."

무영은 아주 약간 긴장했다.

분명히 이 주변에 샴바를 이끄는 보스가 있다. 그런데 기척이 전혀 느껴지지 않았다.

하지만 시선은 느껴졌다.

'나를 지켜보고 있다.'

툭, 툭, 투욱.

그리고 무영의 생각은 정답이었다.

벽으로 막힌 좁은 길목.

그곳의 벽을 타고 무언가가 내려온 것이다.

크롸앙!

샴바가 두 개의 머리를 가졌다면 놈은 무려 세 개였다.

크기도 보통의 샴바보다 두 배 이상 컸다.

수백의 샴바를 이끌고 쳐들어온 보스격의 존재!

순간 눈앞으로 여러 문장이 떠올랐다.

〈Quest: 렐라카의 습격〉

〈'렐라카'는 인간에게 강대한 원한을 가지고 있습니다. 모든 인간을 죽이기 전까진 살육을 멈추지 않을 것입니다.〉

〈렐라카를 막으십시오.〉

〈솔로몬의 율법에 따라 모든 생존자에게 기여도만큼 보상이 지급됩니다.〉

렐라카.

확실히 그런 이름을 가지고 있었던 것 같다.

과거엔 놈의 습격으로 열 명이 넘는 사람이 죽었다.

수백의 샴바도 아닌 이놈 하나 때문에 말이다.

'너를 기다리고 있었다.'

하지만 무영은 세 명이면 충분하다고 확신했다.

이제 과거의 포식자가 사냥감이 될 차례다.

김태환이 척결의 방패를 들었다.

카앙-!

하지만 렐라카의 힘은 상상 이상이었다.

"허헉!"

방패를 든 김태환이 그대로 튕겨 나간 것이다.

투욱!

강백수가 그 뒤에서 단검을 들고 렐라카의 옆구리를 찔렀다.

하지만 얕다.

질긴 가죽이 약간 긁혔을 따름이다.

크르릉!

렐라카의 움직임을 파악한 무영이 움직이기 시작했다.

그러자 렐라카도 즉시 몸을 돌려 무영을 마주 봤다.

렐라카는 이 셋 중에서 가장 강한 게 무영임을 처음부터 알고 있었다.

무영만 죽일 수 있다면 나머지 둘은 문제가 아니다.

'똑똑하군.'

과연, 일반적인 괴물은 아니었다.

무영이 비탄을 쥐고 바닥을 박찼다.

순간적으로 빠르게 뛰어올라 렐라카가 가진 세 개의 목 중 하나를 노렸으나 렐라카 역시 빠르기라면 둘째가라면 서러울 정도였다.

그러나 무영 역시 렐라카가 피할 것을 알고 있었다.

퍼억!

바닥에 착지한 즉시 자세를 낮춰 발을 걸었다.

태클 동작처럼 자연스럽게 이뤄진 공격에 렐라카가 반쯤 쓰러졌다.

이후는 속도 싸움이었다.

무영이 검을 빼 드는 게 더 빠르냐, 렐라카가 자세를 복구하는 게 더 빠르냐.

아슬아슬한 차이로 무영의 검이 렐라카의 목 하나를 잘랐다.

크롸아아악!

렐라카가 고통에 몸부림치며 급히 물러났다.

치명상이 분명했지만 놀랍게도 상처 부분이 빠르게 아물어가는 게 아닌가.

'머리 세 개를 전부 떨어뜨려야 한다.'

떨어진 머리가 재생되는 건 아니었으나 어지간한 공격으로 치명상을 주기는 힘들 것 같았다.

'나도 당했군.'

슬쩍 고개를 내려 오른쪽 어깨를 바라봤다.

찰나의 순간 렐라카의 발톱 하나가 박힌 듯싶었다.

피가 줄줄이 나오고 힘이 잘 들어가지 않았다.

피해의 정도를 따지자면 오히려 무영이 손해였다.

"형님! 제가 막겠습니다!"

김태환이 중간으로 들어와 벽을 세웠다.

이틈에 지혈하라는 거겠지.

무영은 고개를 주억거렸다.

아무래도 장기전이 될 것 같았다.

부상을 내버려 둔 채로 싸우는 건 미련한 짓이다.

급히 챙겨온, 지혈에 효과가 뛰어난 약초를 펴 발랐다.

지지는 듯한 고통이 왔지만 이를 악 물었다.

"끄으으으윽!"

흥분한 렐라카의 공격은 더욱 거세졌다.

김태환이 방어에만 집중해도 막을 수 없었다.

강백수는 나가떨어진 지 오래였다.

어깨를 돌리며 무영이 다시 비탄을 쥐었다.

지금 무영이 느끼고 있는 건 흥분이었다.

강력한 사냥감을 상대로 전면에서 기량을 마음껏 내뿜을 수 있다는 사실에 고취되어 있었다.

캬아악!

렐라카가 높게 도약해 김태환을 무시하고 무영에게 달려들었다. 무영을 죽이지 않으면 자신이 죽는다는 걸 파악한 듯 필사적이었다.

'오냐, 제대로 붙어보자.'

무영이 비탄을 강하게 쥐었다.

'개 같은 놈. 감히 나한테 망신을 줬겠다.'

오주영이 사원을 벗어나 일파와 함께 이동하고 있었다.

"저, 정말 괜찮을까요?"

"지금이라도 돌아가는 게⋯⋯."

하지만 오주영을 제외한 다섯 명 모두가 좌불안석이었다.

사원의 사람들을 내팽개치고 지금 하러 가는 일이 과연 잘 될지 확신할 수 없었기 때문이다.

"닥치고 따라와. 놈도 분명히 지쳤을 거다."

오주영은 자신감이 넘쳤다.

'놈은 보스를 잡으러 간다고 말했지. 며칠이나 준비해야 할 만큼 만만한 괴물이 아닐 거야.'

놈이라는 건 무영을 의미하는 것이었다.

무영은 지난 며칠간 오늘의 습격을 대비하고자 많은 준비를 해왔다. 수십의 괴물을 밥 먹듯이 썰어대던 그 야수가 말이다.

그만큼 오늘 처리해야 할 '보스'가 강력한 것이리라.

그러나 무영이 질 것 같지는 않았다.

대신, 지치기는 할 터였다.

오주영은 지친 무영을 처리할 계획이었다.

'놈을 죽이고 놈의 무기와 얻으려던 보물도 내가 갖는다.'

무영과 김태환만 동시에 사라진다면 오주영의 독주를 막을 자는 없었다.

이곳은 야생이다.

강자가 정의가 되는 장소였다.

오주영.

이곳으로 오기 전 그는 소위 말하는 양아치였다.

고등학교에서 폭행 사건으로 퇴학당한 이후 질 나쁜 친구들과 어울리며 온갖 범죄 행위에 가담해 온 것이다.

폭력은 기본이고 금품 갈취와 공갈 협박, 심지어 학교 후배들을 이용해 미성년자의 성매매를 알선하기도 하는 등 적어도 법의 테두리 안에서 살아가는 인간은 아니었다.

하지만 오주영은 언제나 불만이 쌓여 있었다.

왜 자신이 바닥에서 기어야 하는지에 대한 불만이.

그러던 어느 날.

세상이 반전되며 그는 '푸른 사원'으로 소환됐다.

괴물의 습격, 생명이 초개처럼 여겨지는 진정한 야생의 세계가 그곳에 있었다.

모든 게 완벽했다.

이곳이라면 마음껏 날뛰어도 어느 누구도 자신을 멈출 수 없을 것이라고 생각했다.

김태환?

놈은 햇병아리다. 살벌한 뒤의 세계에 대해선 무지하다.

실력이 있어도 마음만 먹으면 언제든지 제거할 수 있었다.

하지만…… 단 한 명.

단 한 명만은 오주영도 어찌할 수가 없었다.

존재만으로도 폭탄과 같은 남자.

괴물과 사투를 벌이는 모습은 늑대 따위가 아니라 사자를 연상케 했다.

'무영. 놈만 죽이면 돼.'

채애앵!

격렬한 전투 소리가 근처에서 들렸다.

김태환과 강백수는 상처를 입고 바닥에 널브러져 있었다.

거대한 괴물과 싸우는 건 무영뿐이었다.

하지만 그 싸움도 곧 막을 내렸다.

좌아악!

무영이 괴물의 머리 세 개 중 마지막 머리를 날려 버린 것이다.

"후우! 후우!"

거친 숨을 몰아쉬며 무영이 바닥에 주저앉았다.

멀리서 보기에도 전신에 상처가 가득했다.

'네놈이 날뛰는 것도 오늘이 마지막이다.'

오주영의 입가에 미소가 걸렸다.

지쳐서 바닥에 주저앉을 정도라면 천하의 무영이라도 남자 여섯을 당해내진 못할 것이었다.

렐라카는 강했다.

이상한 일이었다.

과거의 기억을 유추해서 세 명이면 충분하다고 여겼건만, 자칫 잘못했으면 역으로 당할 뻔했다.

'기억이 온전하지 않았는가?'

모든 걸 완벽하게 기억할 순 없었다.

그래도 이겼으면 됐다.

이번의 실수를 발판 삼아 기억하면 되는 것이다.

"후우! 후우!"

렐라카의 마지막 머리를 잘라낸 뒤 무영이 바닥에 잠시 앉았다.

몸에 성한 곳이 없었다. 전신에 렐라카의 발톱으로 입은 상처가 즐비했다.

하지만 마냥 쉬고만 있을 수도 없었다.

김태환과 강백수 모두 상처를 입고 기절한 상태다. 오랫동안 방치했다간 좋은 꼴을 보진 못할 것이다.

하물며 샴바의 공격도 아직 끝나지 않았다.

"금방 돌아오마."

샴바를 모두 죽여야 그나마 둘을 치료할 여건이 생긴다.

툭!

비탄으로 땅을 짚고 자리에서 일어났다.

렐라카를 죽임으로써 비탄이 피를 흡수했지만 그 양은 극히 적었다.

오히려 렐라카의 공격으로 입은 피해가 훨씬 컸다.

워낙 많은 피를 흘려서인지 무영의 얼굴이 새하얗게 질려 있었다.

걸음을 걷는 것마저도 위태할 그때.

"아저씨! 조심하세요!!"

배수지의 절박한 목소리가 무영의 귀를 강타했다.

그제야 무영은 주변을 둘러볼 여유가 생겼다.

"저 미친년이!"

"죽여!"

근처의 나무 뒤에서 숨어 있던 여섯 명이 일제히 나왔다. 오주영과 그의 일파였다.

무슨 의도로 이곳에 나타났는지 알 것 같았다.

오주영의 뒤를 반대로 쫓았는지 헐레벌떡이며 저 뒤에 배수지가 서 있었다.

만약 배수지가 알려주지 않았다면 꼼짝없이 기습을 당할 뻔했다.

'아무리 몸 상태가 이렇다지만…….'

제대로 은신한 것조차 아닌 이들의 기척을 잡지 못할 줄이야.

돌아온 육체의 한계였다.

오주영.

놈이 이처럼 천둥벌거숭이일 줄은 무영도 몰랐다.

그래도 사리분별은 할 줄 안다고 여겼건만.

복수심에 불타서 이성이 마비된 걸까?

자신이 지쳤다면 충분히 승산이 있으리라고 여겨서?

푸욱!

가장 먼저 다가오던 남자의 가슴팍을 비탄이 꿰뚫었다.

이어 비탄을 타고 흐른 피가 무영에게 흡수되었다.

오주영은 비탄이 가진 효과가 뭔지 모른다. 그저 절삭력이 좋은 무기라고만 안다. 체력을 회복시켜 준다는 걸 알았다면 이처럼 무모한 도전은 하지 않았을 것이다.

물론 비탄이 없다고 하더라도 기술의 차이가 명백한 이 여섯 명 따위로 무영을 어찌할 순 없었다.

본래 상처 입은 사자는 건드리지 않는 법이다.

츠르륵.

비탄을 빼내고 오주영을 바라봤다.

"발악하지 말고 얌전히 죽어, 새끼야!"

그것이 오주영에겐 마지막 발악으로 보였나 보다.

"먼저."

무영은 다시 자세를 잡았다.

무데뽀로 다가오는 한 명을 죽여서 움직일 체력이 생겼다.

이후 천천히 말했다.

"그 책임감 없는 혓바닥부터 뽑아주마."

"미친놈!"

오주영도 말처럼 여유가 있는 건 아닌지 무작정 검을 뻗어 오고만 있었다.

괴물이 위협적인 건 빠른 속도와 공격력이 있기 때문이다. 자신의 목숨을 도외시하고 적을 죽이는 데 특화되어서다.

하지만 오주영은 그중 어느 것 하나도 충족시키지 못했다.

유독 힘만큼은 강하지만 그뿐이었다.

채앵!

퍼억!

검을 부딪친 이후 빠르게 어깨를 돌려 오주영의 턱을 팔꿈치로 찍었다.

"커헉!"

뇌가 진탕된 오주영이 바닥에 쓰러졌다.

무영은 탈골되어 덜렁대는 오주영의 입안으로 손을 집어넣었다.

쫘아악!

강한 악력을 이기지 못하고 혓바닥이 뽑혀 나왔다.

그 그로테스크한 광경에 나머지 네 명은 섣불리 덤벼들 생각을 하지 못했다.

"으어어어어억!"

"다음은 필요 없는 손목을 잘라주마."

당장 죽지는 않는다.

무영은 최고 난이도의 살수 수업을 받은 최강의 살수다.

인간이 극한의 두려움과 고통을 맛보며 죽게 하는 방법도 알고 있었다.

그다지 유쾌하진 않지만 자신에게 검을 들이민 이상 오주영은 적 이상도 이하도 아니었다.

푸욱!

"으아아아아악!"

오주영은 몸부림을 쳤다.

검을 쥔 팔목이 잘려 나갔다.

"나도 고문을 좋아하는 편은 아니다. 마지막으로 머리를 날려주마."

미리 경고하고 실행하는 것.

그것만으로도 오주영은 더할 나위 없는 공포를 맛봤다.

하지만 어떻게든 살고 싶었기에 오주영은 고개를 저었다.

제발 살려 달라는 듯 애원했지만 무영은 이미 한 번 경고했다. 경고를 무시한 건 오주영이었고, 이제 그 대가를 치를 차례였다.

스걱!

4장
네크로맨서

일체의 망설임도 없었다.

눈 깜빡할 사이에 오주영의 머리와 몸이 분리되었다.

그 장면은 B급 영화를 보듯 현실성이 결여되어 있어서 주변의 남자들은 한동안 반응할 수가 없었다.

채앵!

챙그랑!

하지만 이게 곧 현실이라는 걸 깨닫자 너 나 할 것 없이 무기를 바닥에 떨어뜨렸다.

이어 손을 들고 자신이 결백함을 증명했다.

"저, 저는 오주영 이놈이 억지로 끌고 와서 어쩔 수 없이 가담한 겁니다."

"저도…… 알잖습니까? 오주영을 따르지 않으면 굶어 죽을 수밖에……."

"하!"

무영이 가소롭다는 듯 비웃었다.

"같잖은 변명은 집어치워라."

검을 들이민 이상 어떠한 변명도 필요 없었다.

무영은 과거, 온갖 아귀다툼 속에서 살수림이 장수한 비결을 알고 있었다.

살주는 적을 남겨두지 않았다.

적이 될 만한 소지가 있는 자도 마찬가지였다.

적어도 그 지론만큼은 무영이 유일하게 동의하는 부분이었다. 구태여 방해가 될 수도 있는 이들을 남겨두는 건 미련한 짓.

"무기를 들어라."

무영의 눈이 진득하니 가라앉았다.

그 모습을 본 남자들은 몸을 잘게 떨었다.

동시에 깨달았다.

건드리면 안 됐음을.

상처를 입었어도 사자는 사자임을.

이대로 가만히 있으면 죽는다는 사실 역시 알아차렸다.

움직이라는 본능의 외침에 따라 그들이 떨어뜨린 검을 주웠다.

"씨이……발!"

가장 먼저 변명을 늘어놓던 남자가 무영에게 달려들었다.

서걱!

툭!

한 합(合)이면 충분했다.

그나마 빨리 끝내는 것만이 무영이 이들에게 베풀 수 있는 마지막 자비였다.

서걱!

서걱!

연이어 물 흐르듯 움직이자 나머지 인원의 목이 바닥에 내리굴렀다.

비탄은 모든 이의 피를 흡수해 무영의 체력을 회복시켰다.

렐라카와 싸우며 입었던 상처가 조금씩 아물었다.

온전히 회복한 건 아니지만 나머지 샴바를 사냥할 정도는 될 것이었다.

이내 무영은 비탄을 검집에 넣고 움직이기 시작했다.

"아……."

멀리서 가만히 그 장면을 바라보던 배수지가 무영이 앞에 서자 화들짝 놀랐다.

배수지 역시 많은 죽음을 봐왔지만, 인간이 인간을 죽이는 장면은 처음이었다.

무영에게 두려움을 느끼는 것도 당연한 일이었다.

"따라와라."

하지만 무영은 별달리 신경 쓰지 않았다.

자신의 행동으로 말미암아 무언가를 깨달았다면 살아갈 수 있을 것이고, 그렇지 않으면 죽을 것이다.

마계는 아이에게 그다지 친절한 장소가 아니었기에.

무영이 앞서 걷자 배수지가 고개를 푹 숙인 채 그 뒤를 따랐다.

〈샴바와 렐라카의 습격을 성공적으로 방어했습니다.〉

〈생존자 전원에게 기여도에 따라 보상이 지급됩니다.〉

〈생존자 '무영'의 기여도는 80.4%입니다.〉

〈경이적입니다. 신기록이 경신됩니다.〉

〈솔로몬의 전당에 이름을 남기시겠습니까? 거부할 시 '무명(No-name)'으로 표시됩니다.〉

마지막 남은 샴바의 두개골을 가름과 동시에 위와 같은 글귀가 떠올랐다.

솔로몬의 전당이라.

확실히 과거에 무영도 들어간 적은 있었다.

가장 많은 사람을 죽인 자로서 순위권에 들었던 것이다.

이것 또한 모든 푸른 사원을 통틀어서 보스전에 가장 높은 기여도를 보인 사람이 순위별로 추가되는 듯싶었다.

'솔로몬의 전당에 이름을 남기면 마신들도 그 이름을 알게 되지.'

솔로몬의 전당에 가장 많이 이름을 남겼던 '모험왕 올르고'에 의해 밝혀진 사실이다.

솔로몬과 마신들의 상관관계 때문인지는 몰라도 9권좌의 마신 파이몬이 올르고를 직접 찾아가 살해한 이야기는 유명했다.

추측컨대, 솔로몬의 전당에 올라갈 업적을 많이 달성할수록 마신에게조차 해가 되는 무언가가 생기는 건 아닌가 하는 정보가 은연중 떠돌았다.

더불어서 거대 길드에 들어가거나 사람들을 모을 때 많은 도움이 되고, 경우에 따라 '시크릿 미션'이 발동되기도 하지만……

무영은 거부했다.

이름을 올리면 순식간에 유명세를 탈 수 있겠지만 무영이 바라는 건 그런 게 아니다.

어차피 스크릿 미션이야 이름을 안 밝혀도 크게 상관없고 마신들이 자신을 알아차려서 좋을 게 없다.

물론 그레모리의 마왕이 되는 데 도움이 될 가능성이 없다곤 확신할 수 없으나 득보단 실이 많다고 판단했다.

'거부한다.'

굳이 의사결정을 입에 담을 필요는 없었다.

〈솔로몬의 전당에 이름이 밝혀지는 걸 거부하셨습니다.〉
〈1위 무명(No-name) - 80.4%〉
〈2위 알렉산드로 퀸타르트 - 78.7%〉
〈3위 오오츠키 유카 - 72.8%〉

2위와 3위 모두 유명한 사람이었다.

이미 마계에 세력을 굳히고 무섭게 치고 올라가는 자들.

특히 알렉산드로 같은 경우 수년 전 9대 길드의 수장이 되었을 터.

'기득권층의 괴물들.'

말인즉슨 십수 년 동안 기록이 경신된 적이 없었다는 뜻이고 그것을 이제야 무영이 깨부쉈다는 이야기다.

무영과 같이 과거로 돌아간 게 아닐 텐데도 2%도 차이가 안 난다.

푸른 사원에서의 성적이 전부는 아니지만 알렉산드로는 인류 10강 중 하나로서 충분한 강자의 반열에 들어 있었다.

〈히스토리에 '솔로몬의 전당 : 푸른 사원(1)'이 추가되었습니다.〉
〈솔로몬의 율법에 따라 보상이 지급됩니다.〉
〈무한의 주머니, 현자의 비약, 군림자의 검, 관음보살의 보패,

법보 아수라, 구룡검, 쌍각뇌, 헤르메스의 장화, 천의 얼굴 중 두 가지를 선택할 수 있습니다.〉

"······!"

무영의 눈가가 미미하게 떨렸다.

목록 중에 무영도 익히 아는 몇몇 물건이 있었기 때문이다.

군림자의 검, 관음보살의 보패, 헤르메스의 장화는 특히 유명했다. 모두 달인 수준의 사람이 사용했던 장비다. 현자의 비약은 연금술의 총제라 불리는 물건이고 무한의 주머니는 두말할 필요가 없었다. 그야말로 버릴 게 없는 목록이다.

하지만 무영의 눈길을 잡아끈 건 다름 아닌 법보 아수라였다.

'천룡팔부의 법보······.'

부처의 아래 있는 여덟 신장(神將).

그중 하나가 아수라였다.

오대세가에서 눈에 불을 켜고 찾아다니던 물건 중 하나가 아닌가!

무영도 정확히는 모르지만 여덟 개의 법보가 모이면 여래가 강림한다는 기밀문서를 얼핏 본 기억이 있다.

여래의 강림이라니, 좀처럼 믿기지 않는 이야기지만 그만한 천재지변을 일으킬 수 있다는 것일 터.

'무한의 주머니와 법보 아수라를 선택하겠다.'

고민할 필요도 없었다.

무기는 비탄이면 충분했고 무한의 주머니는 언제 다시 얻을 수 있을지 모르는 보물이다.

홀로 모든 걸 바꾸려는 무영에게 있어선 필수적인 물건이었다.

인간의 한계를 높여준다는 현자의 비약이 조금은 아쉽지만 어차피 무영의 성장 가능성은 네 개의 시크릿 클래스가 책임질 것이었다.

곧 무영의 손 위로 양손에 들어갈 크기의 주머니 하나와 법보가 생성되었다.

무한의 주머니는 들어갈 수 있는 부피에 제한이 있지만 대신 들어갈 수 있는 양 자체에는 제한이 없었다.

그보다 무영은 법보 아수라에 대한 정보가 심히 궁금했다.

명칭: 법보 아수라

등급: A+

분류: 1회 한정 강화형

효과: 천룡팔부 중 하나인 아수라의 힘이 담긴 법보. 장비, 혹은 스킬을 강화시킬 수 있다.

아아, 무영은 고개를 끄덕였다.

설명을 본 다음에야 감이 잡혔다.

오대세가에서 유독 뛰어난 성능을 가진 무기가 몇 개 있었다. 아마도 천룡팔부의 법보를 사용해서 강화시킨 것일 터.

'스킬도 강화시킬 수 있다는 건 의외로군.'

스킬 강화형 법보가 없는 건 아니었다.

하지만 그 숫자가 매우 적었다. 천운이 닿지 않는 한 구할 수 없었다.

게다가 법보 아수라는 제한이 없으니 쓰임새가 무궁무진하다.

"젠장, 다들 움직이라고! 언제까지 멍 때리고 있을 거야?"

"여기 좀 거들어줘!"

사람들이 시체를 나르기 시작했다.

비록 전투에선 승리했지만 피해가 너무 컸다.

무영은 약초를 챙긴 뒤 김태환과 강백수를 데려오고자 움직였다.

17명.

28명의 인원 중 고작 17명만 남았다.

하지만 그중 절반 이상이 무영에게 죽은 숫자였다.

샴바에 의해 5명이 죽고 무영에게 6명이 죽었으니.

모두가 그 사실을 알았지만 차마 입에 담지는 못했다.

6명이 무영을 죽이기 위해 전투 중 자리를 이탈한 걸 몇몇 사람이 보았기 때문이다.

보복이 너무 심한 건 아닌가 하는 여론이 있기는 했지만 그보다는 생존이 먼저였다.

숫자가 줄었대도 괴물이 쳐들어오지 않는 건 아니다.

살기 위해선 더욱 강해져야 했으며 단합할 필요가 있었다.

오히려 오주영의 죽음으로 모두 하나 될 계기가 완성된 것이다.

사람들은 김태환을 리더로 떠받으며 움직였고, 덕분에 탐색도 중단되었다.

하지만 무영도 탐색을 더 이어갈 생각은 없었다.

'네크로맨서.'

과거 수천의 인간을 홀로 학살한 시크릿 클래스.

그것을 얻고자 무영은 만반의 준비를 마친 채 숲으로 떠났다.

거대한 성.

수많은 피를 담보로 만들어진 성좌에 한 남자가 앉아 있다.

자글한 수염과 은색의 갑주를 입은 그는 인류 10강 중 하나이며 '태양' 길드의 수장을 맡고 있는 알렉산드로였다.

알렉산드로 퀸타르트.

마계에 인류가 소환되기 시작한 지 벌써 수십 년이 지났지만 그중에서도 그는 특출하였다.

모험왕 올르고 다음으로 솔로몬의 전당에 가장 많은 이름을 남겼고 마계에서 발생한 몇몇 난제를 홀로 꿰뚫었다.

가장 밑바닥에서 시작해 아홉 길드 중 하나인 태양 길드의 수장이 된 자로서 그 위용은 마계에 있는 사람이라면 누구나 인정하는 바였다.

하지만 그가 지금, 심각한 표정으로 자신의 상태창 시계를 바라보고 있었다.

"누군가가 내 기록을 경신했군."

성좌의 주변엔 아무도 없었다.

크르릉.

거대한 사자를 닮은 괴물인 자이언트 레오 한 마리를 제외하면 말이다.

이곳 성주의 방은 오로지 알렉산드로의 허락이 주어져야만 들어올 수 있었다.

그리고 알렉산드로는 아주 중요한 일이 아니면 아무도 이 방에 들이지 않았다.

기본적으로 사람을 믿지 않는다고 해야 할 것이다.

아무리 맹세의 서약을 한 충실한 자여도 '인간'이기에 그는 믿지 않았다.

혹시 모를 암살의 위협……. 그게 가장 크다고 할 수 있었다.

인류 10강 중 하나라고 할지라도 강력한 저주나 스킬의 위협에서 아주 자유로울 수는 없으니.

태양 길드의 수장이 된 지 몇 년 지나지 않았기에 길드는 현재 합쳐지지 못했다.

몇 개의 파벌로 나뉘고 틈이 보이면 알렉산드로를 잡아먹으려고 했다.

'사용할 수 있겠어.'

그렇기에 자신의 기록을 깬 '초보 영웅'을 사용할 수 있을지도 모른다고 알렉산드로는 생각했다.

푸른 사원에서 자신이 세운 기록은 벌써 이십 년이 넘도록 깨지지 않았다.

한데 그 기록을 깬 자가 나왔다…….

크게 선전하고 시선을 몰이할 절호의 인재다.

녀석으로 인해 조금의 시간만 벌 수 있다면 길드를 안정적으로 장악하는 게 가능하다고 확신했다.

'무명(No-name).'

문제는 신기록 경신자가 자신을 밝히지 않았다는 것.

앞으로 20여 일 후 동시다발적으로 게이트가 열리고 푸른 사원에서 사람이 쏟아져 나올 텐데, 그중 하나가 누구인지 알 수 없었다.

알렉산드로가 미간을 좁혔다.

상황상 새로운 영웅의 출현이 달갑긴 한데 반대로 찝찝한 기분도 약간은 있었다.

어째서 자신을 밝히지 않은 걸까?

인간의 심리상 그게 가능하단 말인가?

푸른 사원에서 몰리고 몰린 사람이라면 '보통'은 이름을 올리게 마련이다.

왜냐하면 그것이 보상이기 때문이다.

불가능을 넘어선 자에게만 주어진!

인간은 무언가를 극복하면 자취를 남기고 싶어 하게 마련이다.

물론 마계에서 특정 업적을 달성할 때 의도적으로 이름을 감추는 자가 있기는 하지만, 저곳은 푸른 사원이 아닌가.

아무것도 모르는, 지구에서 막 소환된 사람이 거쳐 가는 장소.

알렉산드로는 곰곰이 턱을 쓸었다.

어쨌든 그건 큰 문제가 아니다.

'오오츠키 유카. 그년도 알아차렸을 것이다.'

솔로몬의 전당은 3위까지만 순위를 출력하고, 순위가 변경되면 상태창 시계로 말미암아 알려주게 되어 있었다.

닌자를 이끄는 오오츠키 유카도 새로운 인재의 탄생을 알아차렸을 터.

분명히 모종의 움직임을 벌일 것이다.

기존 3위였던 자는 이미 죽었기에 신경 쓸 필요가 없다.

만약의 일이지만 오오츠키 유카가 은밀하게 낚아채면 곤란하다.

그러나 천하의 알렉산드로도 '정보전'에 있어서만큼은 닌자들을 당하기가 어려웠다.

'자신을 숨기려고 하는 놈이라면, 이번 환영식은 조금 더 성대하게 벌여야겠군.'

그래서 알렉산드로는 방법을 바꾸기로 하였다.

이름을 감춘 녀석이다.

자신을 드러내기 싫다는 뜻.

하지만 공개적으로, 숨기고 싶어도 드러낼 수밖에 없도록 만들면 그만이다.

모두가 지켜보는 가운데에서 대놓고 납치할 수는 없을 테고, 오오츠키 유카만 묶어놓는다면 자신의 발언권으로 그 'No-name'을 낚아챌 수 있다.

생각이 정리되자 어깨에 들어간 힘이 쭉 풀렸다.

'새로운 영웅의 출현이라.'

피식!

알렉산드로가 비웃었다.

그런 건 누구도 바라지 않는다.

이곳 마계를 주름잡은 사람 모두가.

그저 이용하기 위해 필요할 따름이지……

무영은 사원을 떠나기 전 탐색을 돌며 숲 곳곳에 흔적을 남겨놨다.

숲이 다시 배치되더라도 길을 찾을 수 있도록 말이다.

낑낑이의 뛰어난 후각과 무영의 경험이 더해지자 막힘없이 숲을 개척해 나갈 수 있었다.

그렇게 삼 일을 내리 걷자 무영이 목표한 장소가 나타났다.

"이곳에 인간이 찾아온 건 오랜만이로군."

길게 우거진 초목 속에 나무통으로 만들어진 작은 집.

그 앞에서 검은색의 피부와 긴 귀를 가진 남자가 무영을 바라봤다.

"다크 엘프."

"그래. 나는 다크 엘프지. 그러는 자네는 인간이고. 숲에서 길을 잃은 건가? 그런 것치곤 꽤 깊숙이 들어왔군그래."

"길잡이, 너를 찾아왔다."

길을 잃은 게 아니다. 무영은 정확히 이 다크 엘프를 찾고자 숲을 방황한 것이었다.

다크 엘프가 눈을 크게 떴다.

"나를? 흠…… 이상한 일이로군. 사원에 도착한 인간은 길잡이의 존재를 몰라야 정상이거늘. 특수한 스킬이라도 익힌 건가? 아니면 그저 감으로 때려 맞힌 건지."

그가 무영을 잠시 쳐다보다가 이내 어깨를 으쓱했다.

그런 건 그에게 하등 상관없는 일이다.

길잡이라는 이름처럼 그저 길을 안내하는 게 그의 역할인 탓이다.

'이게 가장 시간을 절약할 수 있는 길이다.'

이 다크 엘프만이 숲의 모든 지리를 알고 있다.

과거, 네크로맨서 클래스를 얻은 이는 숲을 헤매다가 우연히 절벽에 도착했지만, 무영도 그 우연에 기댈 수는 없지 않겠는가.

그래서 떠올린 게 길잡이다.

길잡이라면 무영을 안전하고 빠르게 절벽으로 이끌어줄 것이다.

"여하튼 나를 알고 있다면 규칙도 알고 있을 테지?"

"세 가지 내기 말인가?"

무영이 대수롭지 않다는 듯이 답했다.

숲의 중심부에 위치한 길잡이를 찾은 사람은 꽤 많다.

대부분이 숲을 탐색하다가 길을 잃고 우연히 발견한 것이지만 숨겨진 존재는 결코 아니었다.

마계에선 길잡이의 존재가 이미 어느 정도는 알려져 있었다.

길잡이가 손뼉을 쳤다.

"오오, 자네는 정말 많은 걸 알고 있군. 그렇다네. 내가 제시한 세 가지 내기 중 하나라도 이기면 원하는 곳으로 데려다주지. 아, 데려다준다는 건 어디까지나 숲과 사원 내에서의 이야기네."

원한다면 다른 사원으로 향하는 것도 가능하다는 소리다.

거대한 숲은 모든 사원과 연결되어 있었다.

하지만 굳이 다른 사원을 찾아갈 필요까진 없었다.

어차피 마계로 통하는 게이트를 넘으면 모든 생존자와 마주한다.

진정한 경쟁은 거기서부터 시작이다.

"이의 없다."

다만, 내기의 내용은 항상 바뀐다.

다음은 오로지 임기응변으로 헤쳐 나가야 했다.

무영이 시선을 주자 길잡이가 말했다.

"화통해서 좋군. 그럼 사냥부터 해볼까? 숲 전체에 서식하는 '난쟁이 다람쥐'를 잡아오는 사람이 이기는 걸로 하지. 제한 시간은 자정 전까지."

"너에게 너무 유리한 내기가 아닌가?"

"나는 6시간 뒤에 움직이기 시작하겠네."

길잡이가 여유롭게 말했다. 자신이 절대로 지지 않으리란 자신감이 엿보였다.

다크 엘프는 천성이 사냥꾼이다. 아침저녁 할 것 없이 숲의 포식자로서 군림하는 생명체 중 하나였다.

지금은 낮이지만 다크 엘프의 특성상 저녁에도 밝은 시야를 유지할 수 있기에 되도록 빠르게 잡는 게 관건이었다.

'저 여유를 이용해야 한다.'

무영은 고개를 끄덕거리곤 움직이기 시작했다.

6시간 뒤에 움직인다 했으니, 그 안에 끝낼 작정이었다.

난쟁이 다람쥐는 숲 전체에 서식한다고는 하지만 난쟁이라 이름 붙은 것처럼 고작 손가락 한 마디나 될까 싶을 만큼 작다.

어지간히 뛰어난 감각과 시야가 아니고서는 나무나 수풀 따위에 숨어 있는 난쟁이 다람쥐를 찾기가 매우 어렵다.

하지만 무영은 난쟁이 다람쥐가 무엇을 좋아하는지 안다.

'난쟁이 다람쥐는 붉은 전투 개미의 알을 좋아하지.'

별거 아니다.

과거에도 암살에 이용하고자 무수히 많이 잡아봤다.

난쟁이 다람쥐는 작고 빨라서 첩보전 등에 이용하기가 좋았다.

무영은 개미굴을 찾고, 그곳에 불을 지른 뒤 혼란해진 틈을 타서 알만 꺼냈다.

이후 간단한 덫을 만들고 난쟁이 다람쥐가 다가오기를 기다렸다.

'지금.'

툭!

대략 2시간 정도를 기다리자 겁 많은 난쟁이 다람쥐 한 마리가 슬금슬금 다가왔다.

그 틈을 놓치지 않고 덫을 놓자 풀로 엮인 바구니가 떨어지며 난쟁이 다람쥐를 포획했다.

6시간이 채워지길 기다린 후 길잡이에게 돌아가자 그가 눈을 부릅뜨며 몸을 떨었다.

"이, 이건…… 무효네. 난 아직 시작하지도 않았어!"

"나도 그렇게 생각한다. 운이 좋았지."

"역시 그런가! 하하, 융통성이 있어서 다행이군. 그러면 사냥은 됐고 이번엔 보물찾기를 하지. 이곳 주변에 내가 붉은 천을 여럿 묻어놨네. 내일 해가 뜨기 전까지 3개를 찾으면 자네의 승리, 함정에 빠지거나 해가 뜨도록 3개를 못 찾으면 내 승리로 하지."

"알겠다."

"그럼 나는 저녁을 준비해야겠군. 후후."

이번에야말로 자신이 질 리 없다는 양 길잡이는 여유롭기 그지없었다.

'다행히 아는 내기로군.'

그리고 이번 내기는 무영에게도 사전 정보가 충분히 있는 것이었다.

'내기에서 두 번 이상 이기면 쓸 만한 보물을 준다고 했지.'

무영이 굳이 첫 승리에서 끝내지 않고 내기를 계속하는 이유였다.

길잡이와의 내기에서 두 번을 승리했던 남자를 암살한 적이 있었다.

그의 히스토리에 길잡이에 대한 상세한 정보가 나왔었고, 두 번을 이기자 '불의 잔'을 받았다고 했다.

불의 잔은 중급 불의 정령이 깃들어 무한히 불을 내뿜을 수 있는 보물이었다.

하지만 세 번을 이긴다면 어떨까?

길잡이에게서 세 번을 이겼다는 소문조차 들어본 적이 없었기에 무영도 조금은 궁금했다.

무영은 법보를 들고 낑낑이를 소환했다.

"낑낑, 마나가 깃든 곳을 피하고 땅 속에 묻힌 다크 엘프의 냄새를 찾아내라."

끼잉. 끼이잉.

이 내기에서 승리한 남자는 탐색 스킬로 찾았다지만 무영에겐 땃쥐의 제왕 낑낑이가 있었다.

낑낑이는 마법적인 요소를 알아내거나 무언가를 찾는 데 특히 발달했다.

개보다 후각이 좋고 아주 미묘한 차이도 구분해 낼 줄 안다.

여기까지 무사히 도달한 것도 낑낑이의 역할이 지대했다.

'함정은 폭발 마법진이다. 잘못 건드리면 그대로 죽지.'

길잡이는 지는 걸 극도로 싫어하는 성격이다. 그래서 아예 무영이 죽기를 바라고 있을 것이다.

하지만 낑낑이는 함정을 요리조리 피해 붉은 천만 찾아냈다.

똑똑.

한 시간 후 무영이 나무집의 문을 두드렸다.

"응? 벌써 포기한 건가?"

"세 개. 찾았다."

"뭐……?"

눈을 깜빡이며 길잡이가 무영의 손을 바라봤다.

정확히 세 개의 붉은 천이 손에 들려 있었다.

"허……."

"이번에도 무효로 할 셈인가?"

"그, 그건, 그건 아니네만 천에 은신 마법을 새겨놨는데 그걸 찾아내다니 놀랍군."

"바란다면 마지막 내기를 해도 좋다."

"정말인가!"

길잡이가 환호했다.

이대로 물러서는 건 그의 프라이드가 용납지 않았다.

"내일 아침 해가 뜨면 자네는 숨고, 내가 자네를 찾는 내기를 하지."

"너는 마법을 사용할 수 있지 않나? 찾는 건 간단할 텐데."

"아무런 마법도 사용하지 않겠다고 솔로몬 왕께 맹세하네! 나는 그저 순수한 육체적 능력만을 가지고 자네를 찾을 것이야."

"언제까지 숨어 있어야 하지?"

"해가 지기 전까지 숨어 있으면 자네의 승리로 합세. 어떤가?"

"좋다."

숨바꼭질을 하자는 이야기인데, 이거야말로 무영이 가장 자신 있는 분야였다.

비록 과거처럼 완전하진 않겠지만 숨고자 작정한다면 다크 엘프의 눈 하나쯤은 어떻게든 속일 수 있었다.

그렇게 하루가 지난 뒤, 무영은 중심부를 벗어나 숲으로 들어갔다.

적당한 나무 위에 올라가 심장 소리마저 죽인 채 눈을 감았다.

'자연과 하나가 된다.'

은신에도 경지가 있다.

무영처럼 극에 이르면 의지에 따라서 자연 그 자체가 될 수도 있었다.

하지만 완전하지 않은 몸으로 다크 엘프의 눈마저 오랜 시간 속일 수 있을지는 알 수 없었다.

반반.

무영은 절반의 확률에 모든 걸 걸었고 내장의 움직임마저 제한했다. 생명체라면 의식하지 않아도 자동으로 움직이는 신체의 모든 신호를 통제했다.

과거에는 이 상태로도 움직일 수 있었으나 지금은 조금이라도 움직이면 모든 은신이 풀리고 그 즉시 길잡이에게 들킬 것이다.

무영은 바람결에 흔들리는 풀잎처럼 가만히 있었다.

몇 시간이고 계속해서.

그리고…… 저녁이 찾아왔다.

툭!

약속 시간이 되자 무영은 나무 위에서 내려왔다.

이어 길잡이의 집에 들어가 준비된 음식을 먹고 있자 얼마 안 되어 그가 문을 열고 들어왔다.

"자네가 왜 여기에……!"

꿀꺽!

포크로 찍은 고기를 삼킨 후 무영이 말했다.

"등잔 밑이 어둡다고 하지."

무영은 멀리 도망치는 척하면서 중심부에서 벗어나지도 않았다.

애당초 은신은 무영이 가장 자신 있어 하는 분야다.

다크 엘프의 특성상 절대로 질 리 없다고 생각했겠지만, 이걸 내기로 고른 것부터 길잡이에게 패배가 결정된 거나 다름없었다.

그런 것도 모르고 길잡이는 무영이 움직일 동선을 생각해서 숲을 한 바퀴 쫙 돌고 왔다.

모든 걸 깨달은 길잡이가 다리를 휘청대며 말했다.

"……내, 내가 졌네."

그제야 자신의 완패를 인정한 것이다.

세상이 멸망한 것만 같은 표정으로 한참 동안 서 있던 길잡이가 정신을 차렸다.

잠시 후 길잡이는 품을 뒤지더니 한 손에 작은 법보 한 장을 들고 무영에게 건넸다.

"받게. 나를 세 번이나 이겼으니 자네는 이걸 가질 자격이 있어."

무영은 건네받은 즉시 계속해서 주시했고 곧 법보의 정보가 떠올랐다.

명칭: 축지의 법보

등급: B+

분류: 1인, 1회형

효과: 마계 한정, 땅을 접어 기억이 있는 곳으로 이동시켜 주는 법보.

무영은 최대한 침착했다.

기세를 가다듬고 평정을 찾았다.

불의 잔과 같이 무한정 불을 뿜는다거나 하진 않지만 무영에게 있어선 그것과는 비교도 안 되는 물건이었다.

'기억 속에 있는 장소로…….'

지구로 돌아간다거나 할 수는 없지만 사용하기에 따라선 엄청난 가치를 발휘할 수 있었다.

거리의 제약이 없는 것부터가 예사롭지 않았다.

만약 무영이 초보자였다면 별 쓰임새가 없었을 것이나, 과거의 기억을 온전히 가진 지금의 무영이라면 누구보다 가치 있게 쓸 수 있었다.

아직 발견되지 않은 다윗의 별로 이동해 보상을 독점할 수도 있을 테고, 시크릿 클래스를 훨씬 쉽게 얻을 수도 있었다.

하지만 축지의 법보를 본 순간 무영의 머릿속에 떠오른 건 전혀 다른 것이었다.

'헤들리의 소!'

마계로 인류가 소환된 지 오랜 시간이 흘렀지만 미탐험 지역이 훨씬 더 많다.

앞으로 5년가량 지나면 대혼돈의 예언에 의해 모든 길드와 세가가 조직적으로 탐험을 하고자 움직이고, 그 과정에서 헤들리의 소를 발견하게 된다.

'헤들리의 소'는 한 요정의 이름이다.

요정은 평소 네 발 달린 바위의 모습으로 있지만 여러 가지로 변신할 수 있다.

하물며 변신한 대상과 같은 구조를 갖게 되며 같은 능력을 사용할 수 있었다.

그리고 그 변신의 대상 중 하나가…… 불사조다.

신변에 위협을 느끼면 최후로 바위가 깨지며 그 안에서 불사조가 나타나는 것이다.

그러나 헤들리의 소는 겁이 많아서 그 즉시 도망쳤다.

잡을 수만 있다면 S급의 무기조차 만들어낼 재료가 되었을 터.

섭취해도 엄청난 성장이 기대된다.

불사조의 심장은 무한한 마력의 공급체였으니.

마룡에 비하면 한 수 낮지만 적어도 심장만큼은 어지간한 용과 비교해도 꿀리지 않았다.

그냥 불사조라면 사냥이 불가능하지만 헤들리의 소가 변한 불사조라면 무영도 충분히 노려볼 만했다.

어지간한 다윗의 별에서 얻을 수 있는 보상보다 낫다.

심지어 다윗의 별은 대개 혼자서 시련을 깰 수 없도록 만들어져 있었다.

단지 헤들리의 소가 있는 지역은 마신의 영역이라 은밀하게 이동하려거든 조금 더 성장해야 한다는 게 유일한 걸림돌일 뿐이었다.

"이것뿐인가?"

무영은 최대한 냉정하게 말했다.

무영이라서 여러 가지 쓰임새를 알 수 있는 거지 초보자에 겐 사실상 별 의미 없는 물건이었다.

동시에 길잡이의 표정이 굳었다.

"이것뿐이라니! 목숨을 구할 수도 있는 물건일세."

"한 번 이길 때마다 그에 따른 보상이 주어지는 것 아니 었나?"

처음의 승리로 길안내를, 두 번째 승리의 대가로 축지의 법보를 받았으니 세 번째는 무엇을 내놓을 거냐는 무영의 물 음이었다.

"자네…… 욕심이 많군!"

"한 번만 이겨도 보상을 주겠다고 한 건 너다."

"끄응, 알겠네. 그럼 나머지 하나는 자네가 원하는 걸 말 해보게. 들어줄 수 있는 선에서 들어주지."

최대의 절충안.

어지간한 부탁은 모조리 거절할 작정으로 내놓은 대답임 이 뻔했다.

무영도 딱히 어려운 부탁을 할 생각은 없었다.

"10일간 내 안전을 보장해라."

어차피 길안내와 상충되는 부분이 있었기에 길잡이가 거 절하지 않으리라고 확신했다.

"10일? 너무 길어. 3일 이상은 안 돼."

"그럼 3일로 하지."

무영은 고개를 끄덕였다.

사실 하루나 이틀만 되어도 충분했다.

줄일 줄 알고 10일을 불렀는데, 3일이면 훌륭한 결과물이었다.

무영이 워낙 시원하게 납득하자 도리어 길잡이가 벙 찌고 말았다.

하지만 무영은 길잡이가 어떠한 존재인지 안다.

'과거 솔로몬을 보좌했던, 오로지 푸른 사원에서만 살아갈 수 있는 마법사.'

족히 천 년 이상을 살아온 지고의 마법사.

그는 길잡이임과 동시에 지킴이와 같았다.

그가 있음으로써 푸른 사원은 절대적인 비호를 받았다.

천하의 마신조차 이곳 푸른 사원만은 깨부술 수 없었다.

감히 푸른 사원 자체라고 할 수 있었지만 대신 그는 이곳을 떠나지 못한다.

원래는 죽었어야 할 정도로 노쇠해서다.

대신 주기적으로 육체의 시간을 되돌린다고 들었다.

오로지 푸른 사원 내에서만 허락된 마법.

지금 이처럼 어수룩한 모습을 보이는 건 그 때문일 것이다.

다크 엘프의 육신이 죽어야 진정한 지고의 마법사가 깨어나는데, 육체와 기억 모두를 되돌리니 그러지 못한 것이다.

'마신들에 의해 밝혀진 사실이지.'

지구의 모든 인간이 마계로 이동하는 대혼돈 이후 본격적인 침략이 시작됐다.

그리고 방대한 인간의 합류 탓에 푸른 사원의 결계가 깨졌다.

고위급 마신 세 명이 가장 먼저 푸른 사원을 공격했고 길잡이, 다크 엘프의 육신은 순식간에 가루가 됐다.

하지만 이내 지고의 마법사로 다시 '재조합'되었다. 이후 장장 10일에 걸쳐 전투를 치렀으나 결국은 패하고 말았다.

하지만 고위급 마신 셋을 동시에 10일이나 묶어둘 만큼 대단한 존재임은 분명했다.

지금은 지고의 마법사가 아닌 길잡이의 몸이지만 숲에서 무영의 안전을 보장하기엔 차고 넘치는 수준이었다.

어디까지나 그의 주력은 마법이었으니까.

"그래서 어디로 이동할 생각인가? 일단 길잡이 노릇은 해주겠네."

스릉!

무영은 비탄을 꺼냈다.

그리고 숲을 향해 달려갔다.

"저, 저 미친······."

꾸에에에엑!

잠시 그 모습을 바라보던 길잡이가 의아해하다가 이내 퍼지는 괴물의 비명 소리를 듣고는 무영의 의도를 깨달았다.

'안전을 보장하라는 게 그런 의미였구나!'

그렇다.

무영이 3일간 그에게 안전을 보장하라고 한 의미.

닥치고 사냥!

몸을 돌아보지 않고 괴물을 쓸어버릴 작정이었기 때문이다.

〈민첩이 1 상승했습니다.〉

〈체력이 1 상승했습니다.〉

…….

무영은 미친 듯이 날뛰었다.

정말 제대로 날뛰는 게 무엇인지 보여주겠다는 듯 일 초도
쉬지 않고 움직였다.

오히려 위험 속에 목을 들이밀고 사선에서 전투를 벌였다.

괴물과의 사투가 능력치를 올리기 가장 좋다는 걸 알고 있
어서다.

동시에 죽어나는 건 길잡이였다.

"끄으으, 최저한의 생명만 보장해 달라니, 그런 무리한 요
구가 어디 있나!"

길잡이는 뒤에서 가만히 지켜만 보다가 무영이 죽을 것 같을 때에만 나섰다.

하지만 그 타이밍을 잡는 게 쉬운 일이 아니었다.

무영이 싸우는 방식은 언제 죽어도 이상할 게 없다.

죽을 것 같아서 마법으로 보호했더니 '살을 주고 뼈를 취할 수 있었다', '조금 긁히긴 하겠지만 죽을 정도는 아니었다'라는 등 오히려 자신을 비판하는 게 아닌가.

미친놈이 따로 없었다.

그래서 한순간도 눈을 떼지 못한다.

지켜보는 길잡이가 더욱 피로할 지경이었다.

다크 베어와의 싸움을 끝마친 무영이 전신에 피를 칠한 채 말했다.

"조금 더 아슬아슬하게 싸워야겠군."

"뭐?"

"공격을 당할 때마다 새끼손가락 한 마디 정도 거리를 뒀더니 민첩이 생각처럼 오르질 않아. 반 마디로 줄여야겠다."

"그게 줄인다고 줄여지는 건가?"

"하다 보면 되더군."

"……."

길잡이가 할 말을 잃었다.

죽지 못해서 안달이 난 것 같았다.

적과의 싸움에서 거리를 자유자재로 유지할 수 있다면 이미 달인급이라 할 수 있었다.

아니, 달인도 힘들다.

한데, 무영은 언밸런스하기 그지없었다.

분명히 기술은 달인 이상일진대 몸이 따라주질 않는 느낌. 억지로 움직였다간 그대로 비명횡사하기 딱이다.

그런데 싸울수록 적응해 가며 최적의 움직임을 찾고 있었다.

'미쳤지만 참으로 묘한 놈이야.'

약속은 약속이었다.

길잡이는 정해진 3일 동안 무영의 뒷바라지를 해주어야 했다.

무영 역시 길잡이를 최대한 활용할 작정이었기에 보이는 모든 괴물에게 싸움을 걸었다.

그렇게 하루 반나절이 지나자 허공에 글자가 떠올랐다.

〈대단합니다. 푸른 사원에서의 사냥 기록이 경신됐습니다.〉

〈솔로몬의 전당에 이름을 남기시겠습니까? 거부할 시 '무명 (No-name)'으로 표시됩니다.〉

이런 것도 순위가 있었던가?

하지만 무영은 고개를 저었다.

모습을 드러낼 생각은 조금도 없었다.

〈솔로몬의 전당에 이름이 밝혀지는 걸 거부하셨습니다.〉

〈1위 류신 – 2,578마리〉

〈2위 뮬러 루카스 – 1,956마리〉

〈3위 무명(No-name) – 1,221마리〉

3위라.

그러나 무영은 푸른 사원에 도착하고 1,200마리 이상의 괴물을 죽였다. 아마도 걸맞은 수준의 괴물을 죽여야 카운트가 되는 것 같았다.

곧 히스토리에 '사냥 기록(3)'이 추가되었고 보상으로 '사냥 지도'를 받았다.

사냥 지도는 지금 무영이 있는 곳이 어떤 괴물의 영역인지를 알려줬다. 쓸모가 아주 좋다고는 못하지만 시간을 절약할 수 있다는 점에서 나쁘지 않았다.

남은 시간을 모두 들여서 1초의 낭비도 허락하지 않고 무영이 사냥에 몰두했다.

그러자 3위였던 순위가 하나씩 올라가기 시작했다.

〈경이적입니다. 신기록이 경신됐습니다.〉

〈솔로몬의 전당에 이름이 밝혀지는 걸 거부하셨습니다.〉

〈1위 무명(No-name) – 2,579마리〉

〈2위 류신 – 2,578마리〉

〈3위 뮬러 루카스 - 1,956마리〉

마침내 1위마저 탈환한 것이다.

주어진 보상은 '괴력의 가죽 갑옷'이었다.

2위 보상이 없던 걸 감안해서 크게 기대를 안 했는데 B+ 등급에다가 착용자의 힘을 3이나 올려주는 나쁘지 않은 장비가 나와서 만족했다.

외에도 숲을 돌며 몇몇 장비를 구했지만 아쉽게도 무영이 쓸 만한 건 없었다.

무영은 상태창 시계를 돌렸다.

이어 능력치창이 나왔다.

전승 효과 -〉 비탄의 그레모리(A, 모든 능력치+3)

직업 효과 -〉 없음

힘 41(30+11)

민첩 35(32+3)

체력 33(30+3)

지능 17(14+3)

지혜 16(13+3)

투기 19(16+3)

특이사항 : 투기에 눈을 떴습니다.

괴력의 가죽 갑옷으로 힘이 3 오른 걸 감안해도 순수 능력치가 상당히 올랐음을 알 수 있었다.

특히 민첩의 상승폭이 컸다.

감각이 날카로워졌다.

초반의 능력치는 빠르게 오르지만 지금 시점에서 무영과 같은 수준에 이른 자는 없을 것이었다.

'나쁘지 않군.'

무영이 흡족해하고 있자 옆에서 길잡이가 말했다.

"약속한 3일이 지났네. 이제 슬슬 어디로 갈지 알려주지 않겠나?"

무영은 즉답했다.

"고통의 절벽으로."

드디어 모든 준비가 끝났다.

가파른 절벽의 주변으로 거대한 비행형 괴물들이 날아다녔다.

작은 익룡이라 불리는 '칼날 부리 새'와 몸이 반투명한 '투명 박쥐' 등이 수없이 많았다.

공통점은 모두 육식 동물에 매우 사나운 성질을 가지고 있다는 것.

그저 절벽을 오르는 행위만으로도 목숨을 내놔야 한다.

"정말…… 여기를 오를 셈인가?"

안색이 파랗게 질린 길잡이가 힘겹게 물었다.

이곳까지 안내를 하는 와중에도 무영의 사냥은 계속되었다.

안내를 해준다는 건, 기본적으로 안내받는 대상이 살아 있어야 이루어지기 때문이다.

무영은 그 미묘한 틈을 파고들어 최대한 느리게 이동했다.

길잡이가 눈치채고 괴물이 없는 길로 다녀도 어떻게든 괴물을 끌어모은 것이다.

말 그대로 뽕을 뽑았다.

덕분에 죽어 나가는 건 길잡이였다.

이틀을 더 이동했을 뿐이지만 몇 년은 늙어버린 인상이었다.

"오를 거다."

그러거나 말거나 무영은 대수롭지 않게 답했다.

길잡이와 반대로 비탄을 이용해 체력을 꾸준히 채운 덕택에 생각보다 지치지는 않은 상태였다.

길잡이가 표정을 굳히며 입을 열었다.

"사원과 숲 모두를 통틀어 가장 위험한 장소 중 하나일세. 여기까지 왔으니 자네가 원한다면 꼭대기에 데려다줄 수도 있네만……."

"필요 없다."

마지막 서비스의 차원으로 말한 듯싶었으나 무영은 단칼

에 거절했다.

고통의 절벽.

이 위에 시크릿 클래스 네크로맨서가 잠들어 있다.

그리고 네크로맨서를 획득하기 위한 전제 조건 중 하나가 절벽을 '직접' 오르는 것이었다.

여기서 길잡이의 도움을 받으면 말짱 도루묵이 된다는 뜻이다.

"정말 모험심이 투철한 인간이로군."

길잡이가 고개를 절레절레 저었다.

여기까지 오면서 몇 번이나 생각한 거지만 눈앞의 인간은 보통이 아니었다.

도무지 속을 알 수가 없었다.

무언가의 목표를 위해 미칠 듯이 달려가는 거 같긴 한데 목숨이 열두 개라도 되는 듯이 행동하니 약간의 모순마저 느껴졌다.

목표와 목적이 뚜렷한 사람은 자신을 아낀다.

이루기 위해서 수단 방법을 가리지 않지만 적어도 자기 목숨이 아까운 줄은 안다.

하지만 무영의 행동을 보면 죽음을 전제하에 움직이고 있었다.

'목숨이 아깝지 않은 건가?'

이곳까지 오면서 길잡이인 자신이 아니었으면 죽었을 상

황이 농담이 아니라 오십 번은 되었다.

조금만 삐끗해도 그대로 목숨이 증발했을 것이었다.

아무리 안전을 약속했다지만 무모하다.

하물며 고통의 절벽은 숲에서도 가장 난이도가 높은 장소 중 하나다.

냉정하게 따져 봤을 때 지금 무영의 수준으로는 해결하기 어렵다.

한데, 도전하겠다고?

그것도 아무런 도움 없이 말이다.

제대로 미쳤다.

그렇기에 길잡이는 흥미가 생겼다.

이 미친 인간이 어디까지 향할 수 있을지.

이런 흥미는 굉장히 오랜만에 느껴보는 것만 같았다.

기억이 온전하지 않으니 확실하진 않지만 적어도 수십 년 간 가져본 적 없는 생소함이었다.

'살아 돌아온다면······.'

길잡이는 말도 안 되는 경우를 상상했다.

이곳 푸른 사원은 불가능에 도전한 자에게 그만한 보상을 주도록 만들어져 있었다.

만약 저 인간이 고통의 절벽마저 정복한다면 길잡이도 무영이 미친 게 아니라 그저 다를 뿐임을 인정할 수밖에 없으리라.

그래, 다르다.

남과는 전혀 다른 발상과 길을 가는 자를 보통 '영웅'이라고 부른다.

스스로를 영웅이라 칭하는 인간은 많았지만 길잡이가 보기엔 모두 수준 미달이었다.

그러나 눈앞의 인간은 확실히 범상치 않다.

"절벽의 시련을 해결하고 돌아온다면 내 이름을 알려주지."

길잡이의 눈에 작은 소용돌이가 쳤다.

무영은 빨려 들어가듯 그 눈을 쳐다봤다.

그러고 보니 길잡이, 지고의 마법사란 말만 있을 뿐 그의 진짜 이름을 아는 자는 한 명도 없었다.

마신들조차 모르고 있었던 것 같다.

'이상한 일이로군.'

여태껏 별다른 의문을 가진 적이 없었다.

궁금하지도 않았고.

그가 마법을 부려서 마신과 10일간 전투를 벌였다는 것이 중요하지 이름은 그다지 중요하지 않았던 탓이다.

물론 이름을 안다고 해서 무언가 변화가 일어날지는 의문이었다.

"꼭 알아야 하는 건가?"

"알아서 나쁠 건 없을 걸세."

길잡이의 표정은 한없이 진지했다.

무영은 어깨를 으쓱하며 등을 돌렸다.

"마음대로 해라."

굳이 알려주겠다는데 마다할 이유도 없었다.

하지만 그보단 절벽을 오르는 게 중요했다.

휘이이이익!

거칠기 짝이 없는 바람이 무영을 때렸다.

흔들리는 나뭇가지처럼 위태롭게 절벽을 오르고 있었다.

'히스토리에서 확인한 건 그저 그가 이 절벽을 올랐다는 것뿐이었지.'

네크로맨서를 죽이고 그의 상태창 시계를 통해 확인한 사실은 구체적이지 못했다.

절벽에 올라, 다섯 문지기를 죽이고 네크로맨서 클래스를 획득했다는 게 전부였다.

당연히 그 방법에 대해선 무영도 모를 수밖에 없었다. 그래서 최대한 능력치를 끌어올렸다. 모든 상황에 대비하고자.

까아악!

칼날 부리 새 한 마리가 뾰족한 부리로 무영을 뒤에서 노렸다.

무영은 순간적으로 비탄을 꺼내 칼날 부리의 부리를 반으로 갈랐다.

높아진 민첩은 무영의 모든 감각을 활성화시키고 있었다.

저따위 소리를 내며 날아드는 새 한 마리를 감지하는 건 간단한 일이었다.

까아아악!

끼아아아악!

하지만 한 마리가 죽자 동료의 원수를 갚겠다는 듯이 열 마리의 칼날 부리 새가 무영에게 달려들었다.

'처음부터 피할 생각은 없었다.'

무식하기 짝이 없는 방법이지만 무영이 택한 길은 정면 돌파다.

다가오는 시련을 씹어먹고 깨부수며 오로지 정공법으로 이 절벽을 정복할 작정이었다.

무영은 한 차례 심호흡을 한 뒤 최대한 벽에 밀착하여 비탄을 휘둘렀다.

절벽을 얼마나 올랐을까.

구름이 무영의 머리에 닿았다.

'다 왔다.'

무영의 전신은 만신창이였다.

사냥 기록을 경신해서 가죽 갑옷을 얻지 못했다면 몇 개의 치명상을 입었을 것이다.

특히 절벽의 바위틈을 뚫고 튀어나온 거대 지네가 가장 위협적이었다.

하마터면 전신이 지네의 몸통에 둘러싸여 으깨질 뻔했다.

그러나 결과적으로 무영은 모든 장애를 정면으로 깨부수는 데 성공했다.

누가 봤다면 미쳤다고, 제정신이 아니라고 욕했겠지만 무영에게 있어선 그다지 이상한 일이 아니었다.

최고 난이도의 살수 수련에는 끊임없이 절벽을 오르는 일도 포함되어 있었으므로.

오르지 않으면 죽었다.

올라도 떨어지거나 아사해서 죽었다.

그렇게 같이 수련하던 절반 이상의 인원이 단순히 절벽을 오르면서 죽어 나갔다.

'붉은 오크라…….'

상념을 접은 뒤 무영은 절벽의 꼭대기에 올라 주변을 둘러봤다.

꼭대기 중심부에 덩그러니 동굴 하나가 놓여 있었다.

그리고 동굴의 입구를 붉은색 피부를 가진 오크 한 마리가 지키고 있었다.

다섯 문지기 중에 하나인 듯했으나 결코 평범한 오크는 아니었다.

전신에서 느껴지는 투기!

단련된 근육과 몸집은 마치 싸우기 위해서 태어난 듯싶었다.

쿠룩?

붉은 오크가 무영에게 시선을 줬다.

"덤벼라."

까딱까딱!

무영이 검지를 움직여 도발했다.

쿠루룩!

붉은 오크가 즉시 손에 든 거대한 도끼를 들고 무영에게
달려들었다.

어깨가 탈골됐다.

오크의 괴력은 상상 이상이었다.

단순 힘 대결로 갔으면 결코 이기지 못했을 것이다.

순전히 기술의 정교함으로 승리를 거머쥐었다.

푹!

오크의 시체 중심부에 비탄을 꼽아 넣자 피가 흡수됐다.

조금은 방전된 체력이 돌아온 것 같지만 결국 임시방편.

그러나 무영은 바로 움직였다.

케게겍!

다음 만난 상대는 '놀 시프'였다.

이름처럼 재빠르기 그지없는 녀석.

독이 묻은 단검을 휘두르며 무영의 목을 노렸다.

하지만 상대가 나빴다.

무영 역시 둘째가라면 서러울 암살자다.

놀 시프의 행동 모두를 예측할 수 있었다.

싸움은 5분여 만에 결판이 났다.

"미치겠군."

승자는 당연히 무영이었다.

그러나 놀 시프를 죽이고 무영은 탄식했다.

다리에 묻은 독.

분명히 피했는데, 단검이 늘어나 다리에 상처를 입었다.

명백한 실수다.

하지만 이후 다른 문지기를 상대할 때도 상처를 하나씩 입었다.

마치 정해진 법칙처럼.

문지기 하나당 상처 하나를 입어야 진행할 수 있다는 듯이 말이다.

〈고통의 절벽에 올라 마지막 문지기를 사냥했습니다.〉

그러나 무영은 멈추지 않았다.

독을 완전히 몰아내려면 못해도 5일은 필요했지만 그 정도로 여유가 있진 않았다.

도리어 무영은 상처를 입을수록 더욱 거칠게 행동했다.

통제 불가능한 노르드의 전사처럼 미친 듯이 날뛰었다.

그 결과 마지막 문지기마저 사냥해 낼 수 있었다.

후읍! 후읍!

잘게 토막 난 거대한 구렁이를 보며 무영이 격한 숨을 몰아쉬었다.

'죽겠군.'

안색이 새파랗게 죽었다.

손가락에 힘이 들어가질 않았다.

그 정도로 격렬한 싸움이었다.

생사(生死)의 갈림길에서 가까스로 승리할 수 있었다.

무영은 잠시 바닥에 드러누웠다.

너무 무리한 것 같긴 했다.

어쩌면 다른 공략법이 있을지도 모른다.

문지기는 한 마리씩 배치되어 있었고 잡는 데 시간제한이 있는 것도 아니니까.

아마도 시간을 들여서 공략했다면 훨씬 쉽게 나아갈 수 있었을 테다.

이전에 네크로맨서 클래스를 얻은 남자 또한 몇 날 며칠 방법을 강구하며 문지기를 하나씩 제거해 나갔을 것이었다.

하지만 무영은 그저 무식하게 돌파했다.

정면으로 모든 걸 깨부쉈다.

그야말로 속전속결.

'위기는 나를 강하게 만든다.'

무영은 스스로를 몰아가면서 강해지는 방법밖에는 모른다.

만약 다른 방법을 누군가가 친절히 알려준대도 무영은 지금의 길을 고수할 것이었다.

이런 식으로 무리하는 건 분명히 위험한 일이지만 대신 성공했을 때 한 걸음 더 성장할 수 있다고 철석같이 믿기 때문이다.

'나는 살아남았고, 앞으로도 살아남을 것이다.'

무영은 이를 악물었다.

결코 죽지 않는다.

자신의 방식대로 살아남아서 목적을 이루리라!

이윽고 시야가 흐릿해졌다.

〈하루 만에 고통의 절벽을 오르고 다섯 문지기를 죽였습니다.〉

〈불가능한 일을 이뤄낸 자여! 솔로몬의 율법에 따라 특별한 보상이 주어집니다.〉

〈이면의 주인들이 사용자를 심사합니다.〉

〈'데스 로드'가 사용자를 선택했습니다.〉

5장
죽음의 예술

척박하기 그지없는 평야.

백만에 달하는 언데드 군단과 백만이 훌쩍 넘는 인간 연합이 부딪쳤다.

인간은 검과 창 따위를 사용했고 성스러운 기운이나 마법을 사용하는 자가 드물게 섞여 있었다.

하지만 언데드는 종이 훨씬 다양했다.

아니, 언데드라 칭하기도 애매모호하게 생긴 괴생물체가 대다수였다.

천사의 날개가 달린 좀비, 페가수스의 뿔을 양손에 박은 스켈레톤, 곰의 몸을 가진 뱀파이어, 개구리의 얼굴 세 개로 이루어진 케르베로스……

모두 특이하게 생겼을 뿐만 아니라 일반적인 언데드와는

비교도 되지 않을 만큼 강했다.

하물며 스스로를 인지하고 사고하는 능력 또한 뛰어났다.

언데드는 그저 시체일 뿐이니 단순하게 행동한다는 상식이 파괴된 것이다.

인간은 자신의 터전을 지키고자 고군분투했지만 막을 수 없었다.

순식간에 시체가 산을 이뤘다.

학살.

달리 말할 길이 없다.

그리고 그 중심에 붉은 망토를 휘날리는 거구의 리치가 있었다.

데스 로드.

죽음의 왕이라 불리는 그가 손을 들자 수천의 시체가 허공에 떠오르더니 재조합되며 전혀 다른 거인(巨人)의 형상이 만들어졌다.

"죽음은 아름다운 것이다."

크와아아앙!

거인이 울부짖었다.

하늘에 닿을 만큼 거대한 거인을 바라보며 데스 로드가 고개를 주억거렸다.

고작 인간의 시체 따위로 만들어낸 것치곤 훌륭하지 않은가.

이것이야말로 죽음으로부터 탄생한 예술이라 할 수 있었다.

데스 로드가 지나가자 모든 시체가 언데드로 되살아났다.

방금 전까지 함께 싸웠던 동료가 전우의 심장을 꺼내서 씹어 먹고 무기를 휘둘러 목을 베었다.

진저리쳐질 만큼 끔찍한 상황.

압도적인 권능 앞에 인간은 무력할 따름이었다.

"나는 죽음의 왕일지니, 죽음을 경배하라!"

모든 죽음을 지배하는 자.

그가 바로 데스 로드였다.

몸에서 열이 끓었다.

하루 온종일을 쓰러진 채 비몽사몽 하던 무영이 겨우 자리에서 일어났다.

'대체…… 그 꿈은?'

기절해 있을 때 무영은 마치 영화에서나 나올 법한 내용을 꿈으로 겪었다.

커다란 스크린을 통해 전쟁 영화를 본 것 같았다.

하지만 묘하게 생동감이 넘쳤다.

꿈이되 그저 꿈만은 아닌 느낌.

툭!

발이 꼬이며 다시 바닥에 쓰러졌다.

무영은 작게 혀를 찼다.

꿈보단 먼저 몸부터 돌아봐야 할 듯싶었다.

'음, 독을 완전히 제거하지 못했군.'

기절하기 직전 약초를 사용한 기억이 있는데 완벽하게 해독이 되지는 않은 모양이었다.

무영은 손에 낀 반지를 바라보았다.

"파라노말."

처음 푸른 사원에 도착하고 괴물을 죽이며 얻은 보상.

반지는 5회 한정이라는 제한이 있지만 10분간 모든 능력치+2, 힐링 웨이브, 파이어 볼트 중 하나를 골라서 사용할 수 있었다.

'두 번은 사용했다. 3회분으로 몸이 회복될지 모르겠지만.'

두 번은 거대 구렁이를 잡으며 사용했다.

수아아아!

파라노말의 기능 중 힐링 웨이브를 택했다.

곧 반지에서 초록빛이 뿜어져 나왔다. 빛이 전신을 감싸며 신체에 활기를 불어넣었다.

그 행위를 두 번 더 반복하니 완전히 생기를 되찾았다.

전신에 활력이 돌고 독으로부터의 저항력이 생긴 것이다.

'됐군.'

강력한 독이 아닌지라 체내에 남은 극소량은 자연스럽게

제거될 것 같았다.

트드득!

하지만 파라노말에 정해진 5회 횟수를 모두 사용했기 때문인지 반지가 부서지며 가루가 되었다.

살짝 아깝긴 했으나 지금 상황에선 최적의 선택이었으니 후회는 없었다.

'그나저나…… 기절하기 전에 분명히 문자가 떠올랐지.'

기절하기 직전 몇 줄의 글자가 허공에 떠오른 걸 본 기억이 있었다.

하지만 무슨 내용인지는 기억이 나질 않았다.

무영은 물 생성의 법보로 목을 축인 뒤, 시계를 살피며 변한 점을 확인하고자 하였다.

가장 먼저 능력치창을 띄웠다.

전승 효과 -〉 비탄의 그레모리(A, 모든 능력치+3)

직업 효과 -〉 데스 로드(Lord class, 죽음의 지배자)

능력치 -〉

힘 44(33+11)

민첩 37(34+3)

체력 35(32+3)

지능 17(14+3)

지혜 16(13+3)

투기 19(16+3)

특이사항 : 투기에 눈을 떴습니다.

착용&적용 중인 무구 : 비탄(힘+5), 괴력의 가죽 갑옷(힘+3)

능력치는 크게 변함이 없었다.

힘이 가장 높기는 했지만 순수 능력치 33에 보조 능력치 11이 더해졌기 때문에 유독 높아 보이는 것일 뿐이었다.

하지만…… 직업란에 처음 보는 글귀가 추가되어 있었다.

'데스 로드.'

죽음의 지배자!

하지만 처음 들어보는 이름이었다.

생소한 부분은 또 있었다.

'로드 클래스?'

시크릿 클래스도 아니고 로드 클래스라니?

적어도 과거 무영이 죽인 자들 중에는 로드 클래스를 지닌 자가 없었다.

기밀 정보도 제법 많이 알고 있는 무영이지만 역시 오리무 중이었다.

'시크릿 클래스 네크로맨서를 얻는 곳이 아니었던가?'

무영은 즉시 고개를 저었다.

분명히 장소는 이곳이 맞다. 해결해야 하는 시련도 마찬가지고.

그렇다면 해결한 시간과 관계되었다고밖엔 추측이 안 된다.

'분명 이면의 주인들이 심사했다고 했다. 당최 뭐가 뭔지 모르겠군.'

이면의 주인도, 로드 클래스도 모두 머릿속에는 없는 것이었다.

무영은 잠시 미간을 좁혔다.

네크로맨서를 얻으려한 이유는 네크로맨서가 다수를 상대하는 데 특화되어 있어서다.

하지만 데스 로드가 소수를 상대하는 데 특화되어 있다면 본래의 목적을 이뤘다고 할 수는 없었다. 앞으로 얻을 클래스를 다시 한번 점검해야 하기 때문이다.

'스킬창.'

무영은 시계의 오망성을 돌려 스킬창을 살폈다.

27군단의 마왕 외에 하나가 더 추가되어 있었다.

스킬 명칭: 죽음의 예술(F)

설명 – 죽음을 재창조하고 재해석해 예술로 승화시킨다. 그렇게 만들어진 언데드는 점수가 매겨지며 매겨진 점수에 따라 위력을 발휘한다.

"죽음은 아름다운 것이다." # 데스 로드

추가된 스킬은 고작 하나지만 무엇인지 대충 감이 왔다.

'단순한 꿈이 아니었어.'

꿈속에 나타난 변형된 언데드들.

아마도 그와 같은 괴물을 만드는 스킬일 것이었다.

데스 로드는 백만의 변형된 언데드 대군을 이끌고 인간을 궤멸시켰다.

그만한 힘이라면, 마신의 휘하 마왕 군단과 격돌하기엔 충분하다.

'일단 네크로맨서 종류의 클래스다.'

걱정이 사그라졌다. 일반적인 네크로맨서보다 상위의 클래스인 것 같기도 하였다.

이 스킬을 연마하면 꿈속에서 본 광경을 그대로 재현할 수도 있으리라. 그리고 랭크를 올릴수록 연관된 스킬이 더 추가될 것이었다.

무영은 죽은 거대 구렁이의 곁으로 다가갔다.

다섯 문지기 중 가장 자신을 괴롭힌 괴물.

하마터면 죽을 뻔하지 않았던가.

이 녀석을 언데드로 만들면 적잖이 도움이 될 듯했다.

"죽음의 예술."

스킬의 사용 방법을 모를 경우 입에 그 이름을 담아보면 대개 발동이 된다.

곧이어 무영의 손끝에서 어두운 기류가 뿜어지더니 거대 구렁이를 감쌌다.

〈재료의 상태가 좋지 않습니다.〉

〈스킬의 랭크가 무척 낮습니다.〉

〈예술성이 전혀 보이지 않습니다.〉

〈예술 점수 0점〉

〈생전의 모든 능력치가 50% 하락합니다.〉

스스슥.

거대 구렁이가 천천히 움직이기 시작했다.

'0점이면 약화된 언데드가 되는 건가.'

딱히 뭔가가 달라 보이진 않았다.

굼뜬 행동과 단순한 패턴.

살아 있을 때보다 약해진 게 한눈에 들어온다.

그냥 거대 구렁이가 언데드화되어 움직인다는 감상이 전부였다.

꿈속에서 본, 굳이 지시하지 않아도 알아서 사고하고 움직이며 수많은 인간을 압도하던 그 모습과는 거리가 멀었다.

비틀!

무영은 거대 구렁이의 몸통을 잡고 겨우 자세를 유지했다.

스킬의 사용 여파인지 급속도로 피로감이 찾아온 것이다.

'아무래도 체력을 소모하는 것 같군.'

남용할 수 있는 스킬은 아닌 듯싶었다.

지금 몸 상태로는 기껏해야 하루에 세 번 정도일까.

보다 신중하게 사용할 필요가 있을 듯했다.

예술 점수를 높이기 위해 여러 가지 재료를 준비하는 건 기본이었다.

10일 단위로 쳐들어오는 보스의 사체를 사용한다면 조금은 더 좋은 성적을 낼 수도 있을 것 같기도 하였다.

'내려가자.'

데스 로드 클래스에 대한 대략적인 파악을 끝낸 후 무영이 발을 옮겼다.

제법 오랫동안 기절해 있었다.

더는 지체하고 있을 시간이 없었다.

생전과 비교하여 모드 능력치가 50% 감소되었대도 거대 구렁이는 나름 쓸모가 있었다.

가죽만은 상당히 두꺼워서 절벽을 내려가는 무영의 방패로 손색이 없었던 것이다.

덕분에 무영은 제법 안전하게 절벽을 내려올 수 있었다.

길잡이는 지상에서 무영을 기다리고 있었다.

무영을 본 그가 감탄하며 웃었다.

"허허, 정말로 돌아올 줄이야."

악의는 없지만 듣기에 따라선 오해를 부를 수도 있는 발언.

무영이 어깨를 으쓱하며 말했다.

"죽기를 바랐나?"

"그건 아니네만, 쉽사리 믿기지 않는 게 사실일세. 그리고 자네에게서 느껴지는 기운이 범상치 않아. 상당한 보상을 얻은 모양인데······."

무영은 고개를 끄덕였다.

길잡이는 지고한 마법사의 분신이었다.

딱히 기세를 숨기려고 하지도 않긴 했지만, 길잡이 정도 되는 자라면 무영의 변화를 알아보는 게 이상하진 않았다.

'마침 잘됐군.'

무영은 데스 로드 클래스를 얻으며 생긴 의문 중 하나를 입에 담았다.

"이면의 주인이란 게 뭐지?"

길잡이가 대수롭지 않다는 듯이 답했다.

"신이 되지 못한 채 이면 속에서 솔로몬의 율법을 관리하는 자들일세. 그런데 그걸 자네가 어떻게······ 아, 아니, 설마?"

"이면의 주인 중 하나가 나를 선택했다고 하더군."

"······!"

길잡이의 눈이 더할 나위 없이 커졌다.

"규율의 관리자가 '선택'했다고?"

믿기지 않는다는 듯, 그럴 리 없다는 듯.

길잡이가 되물었다.

무영은 고개를 끄덕이며 입을 열었다.

"그렇게 이상한 일인가?"

단순한 궁금증.

그래서 단도직입적으로 말한 것이다.

적어도 길잡이는 인류를 위해 헌신한 존재이고 인류가 자각하기 전부터 이곳에 있었다.

어쩌면 무영보다도 많은 것을 알고 있을 이가 그였다.

길잡이가 모르면 무영으로서도 알아낼 방도가 당장은 없었으니 말이다.

그가 심각한 표정을 지어 보였다.

"나도 자세히는 모르네. 율법의 관리자가 몇 명이고, 누가 있는지, 그런 것들을 말이야. 단지, 그들의 콧대가 무척이나 높다는 사실 하나는 알지. 아무리 불가능한 일을 해냈대도 누군가를 선택하는 건 거의 있을 수 없는 일인데……."

이어 무영을 재차 바라보곤 턱을 쓸었다.

아무래도 데스 로드나 로드 클래스 같은, 무영이 진정으로 바라는 정보는 그조차도 모르는 듯싶었다.

길잡이가 이어서 말했다.

"그런데 선택을 했단 말이지."

마치 장난감을 발견한 아이처럼 두 눈이 빛나기 시작했다.

지대한 흥미.

동시에 길잡이의 입가에 잔잔한 미소가 걸렸다.

"역시 자네는 평범한 인간이 아닌 것 같군. 그러니까 내가 건 내기를 세 번 모두 이긴 것이겠지."

유독 내기에 집착하는 모습이었으나 무영은 달리 반박할 수가 없었다.

어느새 길잡이의 손에 오크 지팡이가 들려 있었던 것이다.

분위기 또한 바뀌어 있었다.

주변에 흐르는 마력의 농도가 무영의 숨을 콱 막을 정도였다.

무영의 눈썹이 휘었다.

천천히 손을 무기 쪽으로 옮기자 그제야 길잡이가 말했다.

"아아, 미안하네. 내가 흥분했군. 맞아, 살아 돌아오면 이름을 알려준다고 했을 것일세. 자네라면 충분히 내 이름을 알 자격이 있어."

쯧!

혀를 차며 무영은 검집에서 손을 떼고 원래의 자세로 돌아왔다.

"마음대로 해라."

솔직히 그의 이름에 대해서 의아함이 있는 건 아니었다.

이름 몇 자를 안다고 무슨 일이 벌어지겠는가.

유독 집착하는 모습을 보니 어지간히 자기소개를 하고 싶구나 하고 생각할 뿐이었다.

"나는 드루이드일세."

드루이드라면 자연과 정령을 다루는 자들을 일컫는 명칭이었다.

휘이이잉.

난데없이 느긋한 바람이 불어왔다.

길잡이의 주변으로 바람의 정령들이 오가기 시작한 것이다.

무영은 침음을 삼켰다.

"마법사인 줄 알았는데."

"동시에 대마법사이기도 하지. 틀린 말은 아니야. 나는 어둠 속 몽마로부터 태어났으나, 태어난 직후 세례를 받아서 악에 물들지는 않았지. 대신 막대한 힘을 가지게 되었다네. 물론 지금의 이 가짜 몸으로는 그만한 이적을 발휘할 수 없네만."

자랑이라도 하는 것처럼 그가 이어서 말했다.

"인간이 사용할 수 있는 '스킬'의 체계도 내가 만든 것이지. 주문만 알고 있으면 마술, 마법의 행사가 어렵지 않도록 말이야."

이름을 알려준다면서 자신의 신상에 대해서만 떠벌리고 있었다.

그리고 무영은 그의 신상에 별반 관심 없었다.

"스무고개라도 하자는 건가?"

그가 약간 실망한 기색을 비췄다.

"아직도 내가 누군지 모르겠나?"

당연히 이쯤하면 알아차려야 정상이라도 된다는 듯이 길잡이는 명백히 어이없어하고 있었다.

"모르겠군."

"멀린."

"멀린?"

무영은 길잡이를 바라봤다.

장난을 치는 것 같지는 않았다.

그제야 다시금 길잡이의 입가에 웃음기가 맺혔다.

"자네가 생각하는 그 멀린이 맞네."

이윽고 무영의 눈앞으로 짧은 글자들이 출현했다.

〈대마법사 멀린이 스스로를 밝혔습니다.〉
〈지능이 영구적으로 2 상승합니다.〉

무영의 몸에 잠시간 푸른빛이 머물렀다.

단지 이름을 들은 것만으로도 마력이 상승한 것이다.

'이름'에 그만한 가치가 있다는 뜻일 테지만 이런 적은 처음이었기에 무영도 조금은 아리송할 수밖에 없었다.

"역시 자네는 재능이 있어! 내 이름을 듣는다고 모두가 무언가를 얻어가는 건 아닐세. 누군가에겐 낙서로 보이는 그림이 누군가에겐 평생을 다해도 그릴 수 없는 대단한 예술로 느껴질 수 있듯이 말이야."

그러거나 말거나 멀린은 더욱 무영에게 열광하고 있었다.

"멀린이 솔로몬을 따른다는 건 처음 알았군."

"따른다는 말에는 어폐가 있네. 우리는 힘을 합칠 수밖에 없었던 거네. 레메게톤의 봉인이 풀리면…… 가짜는 진짜가 되고, 진짜는 가짜가 되지. 모든 게 혼란하게 뒤섞여 버리는 형태로 인류가 종말을 맞이할 게 너무나도 뻔히 보였거든."

이곳으로 지구의 사람들이 소환되는 것 또한 그 영향인 듯싶었다.

무영도 더는 우스갯소리로 넘길 수가 없었다.

지금 멀린은 이 세계에 대한 배경을 말하고 있는 것이었다.

레메게톤의 봉인이 풀리며 72마신이 튀어나왔고 마계가 만들어졌다는 정도는 알았지만, 자세한 배경에 대해선 무영 역시도 무지했다.

"인류가 마계로 소환되는 게 오래전부터 예정되어 있었단 말이냐?"

멀린이 고개를 끄덕였다.

"그렇네. 그리고 솔직히 말하자면, 그다지 희망적이지도 않았지. 마신들은 너무나도 강력한 존재이기에 아무리 대비해도 한계가 있었어. 유일하게 희망을 걸었던 것이 인간의 무한한 잠재력이었지만……."

멀린은 말을 아꼈다.

하지만 뒷말을 굳이 듣지 않아도 알 것 같았다.

최종적으로 인류는 마신을 막지 못했으니까.

도리어 인간 스스로의 갈등 때문에 수많은 잠재자가 죽어 나갔다.

그리고 멀린조차도 인간의 욕망과 이기에 대해선 계산하지 못한 듯싶었다.

아니, 알고 있었대도 판도라의 상자처럼 마지막에 희망이 있으리라고 굳건히 믿었을 수도 있겠다.

"그러나 자네라면, 이면의 주인이 선택한 자네만이, 진정한 영웅의 자질을 가졌다고 할 수 있네."

멀린의 눈에서 느껴지는 열기는 부담스러울 수준이었다.

그러나 간질이듯 말하는 게 썩 마음에 들지는 않았다.

무영은 목에 잔뜩 힘을 주며 입을 열었다.

"본론이 뭐지?"

"내 후계자가 되게."

〈대마법사 멀린의 제안입니다.〉
〈수긍할 경우, 시크릿 클래스 '궁정 마법사'를 계승할 수 있습니다.〉

얼핏 들어본 적은 있다.

지고한 존재로부터 클래스를 계승할 수 있다는 이야기를.

무영은 다른 이들과 달리 네 개의 클래스를 가질 수 있었다. 이미 하나를 얻은 시점에서 시크릿 클래스 하나를 더 얻어도 나쁠 건 없었다.

하지만…….

'데스 로드는 마법사 계열의 클래스다.'

무영은 각자 특성이 뚜렷한 클래스를 거머쥘 계획이었다.

그리고 궁정 마법사는 척 봐도 같은 마법사 계열의 클래스였다.

"거절한다."

"거절……한다고?"

순간 멀린의 표정이 기이하게 변했다.

자신의 제안이 거절당할 줄은 꿈에도 몰랐다는 얼굴이었다.

무영은 침착하게 말했다.

"후계자가 된다는 건 이곳에 오랫동안 체류해야 한다는 뜻이겠지?"

멀린은 푸른 사원을 떠날 수 없는 몸이다.

그의 밑에서 배우려면 상당한 시간을 잡아먹을 터.

"10년이면 충분하네. 자네는 전천후의 마법사가…….'

예상대로의 답변에 무영은 고개를 저었다.

전천후의 마법사가 되는 것도 좋지만 10년이면 마계에서 더욱 많은 걸 건질 수 있었다. 선점해야 하는 보물이 몇 가지 있는 것이다.

"나는 게이트 너머가 더욱 궁금하다."

"가 봤자 좋은 꼴은 못 볼걸세. 차라리 내게서 확실하게 배운 뒤 마신에 대항하는 게 나아."

"후계자가 되면 확실하게 마신을 죽일 수 있는 건가?"

"그건······."

불가능하겠지.

말 그대로 '대항'하는 게 전부다.

무영은 멀린의 최후를 안다.

멀린이 본신으로 나섰음에도 상위급 마신 셋을 10일간 묶어둔 게 전부다.

그의 전부를 흡수한들 그게 한계라는 의미다.

물론 그 자체만으로도 엄청난 일이었다. 지고의 마법사라 불릴 자격은 충분하다.

하지만 무영은 과거의 수많은 지식을 알고 있다.

이곳에서 10년을 버리는 건 미련한 짓이었다.

하여 침착하게 대변했다.

"시련을 겪고 그 시련을 뛰어넘을수록 인간은 강해진다. 그만한 보상 역시 주어지는 이 구조가 나는 매우 마음에 든다. 개인의 노력이 보상받을 수 있다는 뜻이니."

"인간들의 이기심은 도를 넘어섰네. 게이트를 넘어가면 자네를 기다리는 건 괴물도, 마신도 아닌 같은 인간의 구역질나는 욕망이야. 그 또한 시련이라 여길 텐가?"

"막으면 부순다. 나는 내 앞을 막는 것을 남겨둘 생각은 없다."

"허어……."

무영의 대답을 들은 멀린이 탄식을 흘렸다.

무슨 말을 해도 통하지 않으리란 걸 깨달았기 때문이다.

그만큼 무영의 의지는 확고했다.

"아쉽군. 정말 아쉬워."

"기다리지 말고 직접 찾아봐라. 나 이상의 재능을 가진 자는 많다."

무영의 마법적 소질은 아주 뛰어나다곤 할 수 없었다.

반면 진짜 '천재'라 불리는 마법사가 마계에 몇 차례나 등장한 걸 보면 멀린의 후계자가 발견되지 않은 건 아닐 것이었다.

하지만 멀린은 숲의 중앙에서 움직이지 않았다.

아무리 천재가 나타났대도 그저 기다리기만 해서 어찌 발견하겠는가?

"단순히 재능만 보는 게 아닐세. 그래도 확실히 일리는 있군."

멀린이 한숨을 내쉬었다.

"나는 인간에게 기대하는 걸 거의 포기한 상태였네. 그저 간혹 찾아오는 인간을 상대로 내기를 하는 게 유일한 즐거움이었지. 그런데…… 자네를 보니 다시 욕심이 생기게 됐어."

"반드시 찾을 수 있을 것이다."

이윽고 멀린이 품에서 작은 병 하나를 꺼냈다.

"받게. 현자의 비약일세."

병에는 붉은빛이 감도는 액체가 들어 있었다.

현자의 비약!

연금술의 총체라 불리는 물건이다.

10일 차 보스를 잡고 솔로몬의 전당에 이름을 올렸을 때 보상 목록 중에 있었지만, 아쉽게도 포기할 수밖에 없었던 보물.

하지만 무영은 단칼에 거절했다.

"나는 후계자가 될 생각이 없다."

그럼에도 멀린은 내민 손을 거두지 않았다.

"그러려고 주는 게 아니네. 본래 내 역할은 영웅을 만들고 인도하는 것이지. 자네에게 희망을 보았으니 그대로 보낼 수는 없지 않겠나?"

멀린은 한참이나 말없이 무영을 쳐다봤다.

무영도 그 시선을 피하지 않았다.

목적이 있는 게 아니라 그냥 주겠다는데 마다할 이유는 없었다.

무영이 현자의 비약을 건네받자, 멀린은 걱정된다는 투로 말했다.

"자네의 의지가 부디 꺾이지 않았으면 하네."

"그 무엇도 내 의지를 꺾을 순 없다."

무려 40년 만에 얻는 기회다.

자신의 삶을 관철할 수 있는 기회!

결코, 무슨 일이 있어도 무영은 이 기회를 날릴 생각이 없었다.

멀린은 무영이 가진 사냥 지도에 마법을 걸어주었다.

적어도 푸른 사원 내에서라면 길을 잃지 않고 이동할 수 있게 해주는 물건으로 급부상한 것이다.

이후 무영은 혼자서 움직이기 시작했다.

멀린의 아쉬워하는 눈길이 느껴졌지만 계속해서 함께해 봐야 미련만 커질 뿐임을 알기 때문이다.

돌아가는 길, 무영은 괴물들을 사냥하며 '죽음의 예술' 스킬에 대한 이해도를 높이고 있었다.

〈조금은 쓸 만한 소재입니다.〉

〈예술 점수 5점〉

이름 : 못생긴 도롱뇽 원숭이

레벨: 14

성향: 좀비

힘 17

민첩 15

체력 20

지능 3

지혜 1

크륵. 크르륵.

완성된 언데드가 무영을 바라보며 혓바닥을 날름거렸다.

괴물 원숭이와 붉은 도롱뇽의 사체를 마구 뒤섞은 결과 5점의 점수를 인정받았다.

'그저 섞기만 하면 안 되나 보군.'

무영은 40년간 살수로서 지냈다. 어쩌면 그전에 남아 있었을지 모를 예술적인 감성은 이미 마모되었다.

가만히 턱을 쓸었다.

'높은 점수를 받는 방법.'

하지만 모든 클래스는 강력하면 강력할수록 그만한 반대급부가 있게 마련이었다.

공략법만 철저히 연구하면 일반적인 네크로맨서를 웃도는 결과를 내보일 터.

'뼈를 깎아서 스켈레톤을 만들자.'

괴물의 신체 부위를 연결해 좀비 형태로 만드는 것보단 직접 뼈를 깎아서 스켈레톤을 만든다면 조금 더 높은 예술 점수를 받을 수 있지 않을까?

무영은 먼저 소재를 찾았다.

소재가 좋으면 어느 정도 보정 효과가 있었다.

게다가 뼈로 이루어진 병사를 만드는 일이다. 아무 괴물의 뼈나 사용할 수는 없었다. 최대한 단단한 것이 필요했다.

'분명히…… 식인 코끼리가 있었지.'

푸른 사원의 숲에서 살아가는 식인 코끼리가 떠올랐다.

우람한 체구와 거대한 상아를 가진 식인 코끼리는 숫자가 매우 적어서 찾기 까다롭다.

발견된 사례도 매우 적었다.

설혹 발견하더라도 어지간한 각성자 혼자선 상대하기 힘들 수준.

하지만 무영에겐 멀린이 마법을 걸어준 지도가 있었다. 게다가 무영은 어지간한 각성자도 아니었다. 마계에선 형편없는 수준이겠지만 푸른 사원에서만큼은 거의 정점에 다다라 있었다.

무영은 빠르게 발을 옮겨 '식인 코끼리'의 영역으로 들어갔다.

호수의 근처에서 4마리의 식인 코끼리가 물을 마시고 있는 모습을 포착했다.

식인 코끼리는 일반 코끼리처럼 무리를 잘 짓지 않는다. 기껏해야 가족 단위로 움직일 뿐이었다.

하지만 굉장히 호전적이고 싸우길 좋아한다. 잘못 건드리면 동시다발적으로 공격을 받을 수도 있었다.

무영은 식인 코끼리들을 따라다니며 한 마리가 떨어진 순간을 귀신같이 파고들었다.

뿌아아아앙!

무영을 발견한 식인 코끼리가 외마디 비명을 내질렀다. 눈 깜빡할 사이에 등 위로 올라간 무영이 비탄으로 목을 찔렀기 때문이다.

식인 코끼리가 마구 몸을 뒤흔들었지만 무영은 접착제라도 붙인 것처럼 떨어지지 않았다.

쿵!

비탄에 의해 모든 피가 빨린 식인코끼리가 바닥에 쓰러졌다.

무영은 이마를 쓸었다.

'연골과 인대도 필요하다.'

상아만으로 스켈레톤을 만들 순 없었다. 각 관절을 연결할 때 연골과 인대가 있어야 적당한 모양을 만들 수 있었다.

그러나 거대하기 짝이 없는 식인 코끼리의 몸을 하나하나 해부할 시간이 없었다. 다른 식인 코끼리들이 눈치채고 무영을 공격할 수도 있다.

"살을 발라내라."

스슥.

크르륵!

무영은 혼자가 아니었다.

거대 구렁이와 도롱뇽 원숭이 언데드가 무영의 명령을 듣고는 느릿하게 움직이기 시작했다.

거대 구렁이는 살을 크게 삼킨 뒤 뱉어냈고, 도롱뇽 원숭이는 투박한 검으로 살을 해체했다.

속도는 느렸으나 혼자서 작업하는 것보단 나았다.

무영은 식인 코끼리를 해부해 나가며 필요한 조직을 따로 챙겼다.

충분히 스켈레톤 한 구를 만들 양을 채취한 뒤, 마지막으로 상아를 잘라내며 작업을 마무리했다.

소재를 구했다고 끝이 아니다.

상아를 갈아서 스켈레톤을 만들려면 그만한 노력과 지식이 필요하다.

그나마 인체의 구조를 누구보다 잘 알고 있다는 점 하나는 다행이었지만 상아를 깎아서 비슷한 모양으로 만드는 것도 일이었다.

스윽. 스윽.

안전한 지역으로 이동한 무영이 주인 없는 동굴 안에서 상아를 깎기 시작했다.

단단한 조각칼 같은 게 있으면 더할 나위 없었겠으나 도끼 한 자루를 들고 상아를 살살 긁어내는 중이었다.

도끼는 멀린과 닥치고 사냥을 진행하다가 얻은 몇 가지 장비 중 하나였다.

당장 버리긴 아깝고 자신이 쓰기는 어정쩡해서 일단 무한의 주머니 속에 넣어둔 것이다.

상아를 깎는 일 자체는 어렵지 않았다.

힘을 집중하고 상아의 결을 따라서 그저 긁기만 하면 되었다.

'신비로운 경험이긴 하군.'

피식 웃고 말았다.

자신이 겪지 못한 일.

그다지 나쁜 기분은 아니었다.

모르는 영역을 알아가고 정복하는 것 역시 강함의 범주로 보는 게 옳은 탓이다.

많은 걸 경험할수록 무영에겐 나쁠 것이 없었다.

'평범한 인간의 형태로 만드는 것보단 조금은 변형을 가하는 게 낫겠지.'

어쨌든 최대한 아름다워 보이면 되는 게 아닌가.

무영에게 있어서 예술은 아름다움이었다.

착안점은 나쁘지 않다고 봤다.

스윽! 스윽!

무영의 손길이 조금씩 빨라졌다.

뼈의 형태를 하나하나 만들고 구상한 것을 조각하자 반나절이 훌쩍 지나갔다.

이후 완성된 모습을 보며 무영은 흡족히 고개를 끄덕거렸다.

작은 날개가 달린 스켈레톤이 바닥에 놓여 있었다.

무영이 죽음의 예술 스킬을 발동시키자 무영의 손에서 어두운 기류가 흘러나와 스켈레톤을 감쌌다.

〈괜찮은 소재입니다.〉

〈예술 점수 15점〉

이름: 날지 못하는 엉성한 스켈레톤

성향: 스켈레톤

레벨: 21

힘 33

민첩 19

체력 23

지능 5

지혜 4

찌극. 찌극.

스켈레톤이 엉거주춤한 자세로 바닥에 섰다.

막상 일어선 걸 보니 좌우대칭이 약간 안 맞았다.

모형은 처음 만드는 것이었다.

첫술부터 배부를 순 없었다.

스켈레톤이 절음발이처럼 오른발을 바닥에 쓸면서 걸었다.

'15점이라.'

결코 높다고는 할 수 없는 점수지만 거대 구렁이나 도롱뇽 원숭이에 비하면 양반이다.

능력치도 꽤 준수했다.

식인 코끼리의 상아로 만든 영향인지 힘이 높았던 것.

이 정도가 평범한 언데드일 것이었다.

"받아라. 너를 만든 도끼다."

무영은 상아를 깎을 때 사용한 도끼를 스켈레톤에게 건넸다.

스켈레톤은 힘이 높으니 도끼를 사용하기엔 안성맞춤이다.

두두둑!

움직일 때마다 요란한 소리를 내며 스켈레톤이 도끼를 받 았다.

사원은 고요했다.

김태환을 비롯한 생존자 전원이 침을 꿀꺽 삼키며 무기를 든 채 입구를 막아서고 있었다.

이곳에 도착하고도 20일 차.

10일 간격으로 보스전이 있다는 말을 무영에게 들은 적이 있었다.

그렇다면 오늘도 강력한 보스가 모습을 드러낸다는 뜻.

김태환은 주변을 둘러봤다.

열다섯 명의 생존자.

10일 차가 넘어간 이후로는 거의 죽지 않았다.

김태환의 리더십과 방패가 빛을 발한 덕분이었다.

하지만 오늘만큼은 김태환도 긴장할 수밖에 없었다.

쿵! 쿵!

이내 천지가 흔들리며 거구의 괴물이 사원 입구 쪽으로 모습을 드러냈다.

"도깨비……?"

그 모습을 본 모두가 의아해할 수밖에 없었다.

2.5m쯤 되어 보이는 신장에 외눈박이 눈깔, 이마에 난 작은 뿔과 손에 든 커다란 방망이는 누가 봐도 도깨비를 연상시켰기 때문이다.

암컷인 듯 흉부가 튀어나와 있었다.

인간형의 괴물을 마주한 건 처음이었다.

갸아아아악!

도깨비가 괴성을 내지르며 달려들었다.

"침착하게 행동하자. 평소처럼 내가 막아서면 뒤에서 공격해!"

가장 먼저 척결의 방패를 지닌 김태환이 앞으로 나섰다.

여태껏 사상자가 거의 없었던 이유는 오로지 김태환이 앞을 막아선 덕분이었다.

하지만 조건이 좋지 않았다.

척결의 방패는 적의 숫자가 많을 때 강인함 효과를 가져다주는데, 도깨비는 고작 하나였다.

꾸우웅!

"끄윽!"

고작 한 번의 공격.

팔이 으스러질 것만 같았다.

김태환은 이를 악물었다.

도깨비가 의외라는 듯 고개를 갸웃했고 그 순간 화살들이 날아왔다.

하지만 도깨비의 옆으로 안개와 같은 막이 형성되며 모든 화살이 튕겨져 나갔다.

'아……!'

역시 보스다. 일반적인 괴물과는 차원이 다르다.

렐라카를 상대할 때도 결국 무영이 혼자 해치웠지 않나.

쿵! 쿵! 쿠우웅!

몇 번의 공격을 더 막아내는 게 한계였다.

꽈득!

공격을 버티지 못한 뼈가 꺾인 것이다.

'젠장!'

정신이 아득해졌다.

오른팔을 감싸며 바닥에 주저앉은 김태환을 향해 도깨비가 천천히 다가왔다.

'형님이 계셨다면…….'

최대한 사상자 없이 혼자서 잘해 나가자고 다짐했지만 그것도 한계였다.

곧 도깨비가 김태환의 머리를 박살 내고자 방망이를 내려쳤다.

김태환이 눈을 감았다.

스아아악.

하지만 요란한 소리만 들릴 뿐 정작 머리가 깨져 나가진 않았다.

김태환은 다시 눈을 떴고, 이어 기이한 장면과 마주하게 됐다.

'구렁이?'

거대한 구렁이가 도깨비의 몸을 어느새 감싸고 있었던 것이다!

갸아악! 갸아아악!

도깨비가 화를 내며 구렁이의 목을 쥐었다.

있는 그대로 바닥에 내팽개치며 그대로 구렁이의 전신을 맨손으로 찢어발기기 시작했다.

쉬이잉─

픽!

그 순간 멀리서 날아온 단검 하나가 도깨비의 머리 뒤쪽에 정확히 박혔다.

방어막이 작동하지 않았는지 도깨비가 몸을 휘청거렸다.

그리고 그가 나타났다.

촤아악!

몸을 최대한 낮춘 채 엄청난 속도로 달려와선 날아오르듯 뛰어올라 도깨비의 목을 정확히 잘라낸 것이다.

"형님……!"

"도깨비는 시야가 닿지 않는 곳에 방어막을 전개할 수 없다. 노리려면 뒤나 목을 노려라."

"돌아오셨군요!"

김태환이 엉거주춤 자리에서 일어나 반기려고 했지만 무영은 그를 제지했다.

"아직 끝이 아니다. 곧 수컷이 나타날 것이다."

그아아아아아아악!

말이 끝나기 무섭게 분노에 찬 외침이 들려왔다.

외침만으로도 땅이 흔들렸다.

시선을 돌리자 거칠게 콧김을 내뿜으며 전신을 새빨갛게 물들인 도깨비가 죽일 듯이 이쪽을 바라보고 있었다.

6장
핏빛 탑

도깨비.

동화에 나오는 그런 선량한 종류의 도깨비와는 거리가
멀다.

마계에 존재하는 도깨비는 종류도 많지만 하나같이 포악
하고 잔인하며 강력하다.

'화가 날 때 피부가 붉어지는 건 화염도깨비의 특성이지.'

그중에서도 화염도깨비는 성질이 나쁘기로 유명하다.

방금 전 무영이 죽인 도깨비는 짝을 지은 암컷일 터.

그 어느 때보다 분노하고 있을 것이었다.

도깨비가 거대한 방망이를 붕붕 휘둘렀다. 곧 검은 안개가
도깨비의 위에 생성되었다.

화르륵!

그곳에서 생성된 불꽃이 무영이 있는 장소를 때렸다.

무슨 공격이 날아올지 알았기에 피하는 일 자체는 어렵지 않았다.

하지만 한 번의 공격으로 끝날 리가 없었다.

화륵! 화르륵!

주변이 순식간에 불바다가 되었다.

"물러나라."

무영은 비탄을 쥐었다.

화염도깨비의 불꽃은 좀처럼 쉽게 끌 수 있는 종류의 것이 아니다.

화염도깨비의 분노가 식을 때까지 불꽃은 주변의 모든 대상을 무한히 태울 것이었다.

"저도…… 돕겠습니다."

무영은 힐끗 김태환의 상태를 바라보았다.

방패를 쥔 손은 뼈가 꺾였고 근육이 잔뜩 뒤틀려 있었다.

저대로 무리하면 팔을 잘라내야 한다.

퍼억!

무영은 김태환의 몸뚱이를 발로 차냈다.

"꺼져라. 넌 도움이 안 된다."

사실이었다.

괜히 무리하다간 도리어 무영의 싸움만 방해하는 꼴이었다.

그리고 화염도깨비는 다수보다 혼자 상대하는 게 유리하다.

푸욱!

무영은 죽은 암컷 도깨비의 목에 박힌 단검을 강하게 그었다. 이후 잘린 암컷 도깨비의 목을 나머지 손에 쥐었다.

"갖고 싶으냐?"

그악! 그아아아아아악!

짝의 시체가 훼손당하자 화염도깨비의 피부가 더할 나위 없이 붉어졌다.

도깨비 왕을 제외한 모든 도깨비는 평생 하나의 짝만 둔다. 서로 극진하게 아끼며 평생을 함께한다.

짝이 죽으면 다른 짝을 구하지 않는, 제법 헌신적인 구석도 있었지만…… 상대가 나빴다.

"그럼 가져라."

무영은 암컷 도깨비의 머리를 높이 던졌다.

화염도깨비가 떨어지는 머리를 잡고자 움직일 때, 무영은 미리 예상한 지점에 단검을 던지며 빠르게 달려 나가기 시작했다.

누군가는 이 장면을 보고 욕하며 손가락질할지도 모르겠지만 '승리를 위해선 수단과 방법을 가려선 안 된다'는 게 무영의 지론이었다.

그저 착하기만 한 사람은 죽는다.

무영은 모든 약점을 다룰 줄 알았기에 최강의 살수로서 살아남았다. 비록 그 끝이 좋지만은 않았다고 하더라도 말이다.

화염도깨비가 떨어지는 짝의 머리를 붙잡았다. 하지만 날아오는 단검이 등에 꽂혔다.

일부러 맞은 것이다. 아니라면 암컷의 머리가 꿰뚫릴 것이었기에 대신해서 맞은 것이었다.

머리가 떨어지는 장소와 단검이 날아가는 경로는 오묘하기 그지없었다. 오로지 등을 포기해야만 지키고자 하는 걸 지킬 수 있었다.

'예상대로.'

여기까지는 미리 머릿속에 그린 대로다.

화르르르르륵!

곧 화염도깨비의 전신에서 불꽃이 타올랐다.

조심스럽게 암컷의 머리를 바닥에 내려놓은 화염도깨비가 이를 갈며 무영을 향해 돌격했다.

까아앙!

비탄이 튕겨 나갔다.

엄청난 괴력!

그러나 튕겨 나간 즉시 몸을 크게 틀어 화염도깨비의 품으로 들어갔다.

화염이 그대로 무영을 집어삼켰다.

'도깨비는 시야가 닿지 않는 곳에 방어막을 칠 수 없지.'

순간적으로 무영의 움직임을 읽지 못했기에 화염도깨비는 방어막을 펼칠 수 없었다.

그 틈에 비탄이 화염도깨비의 몸을 비집고 들어갔다.

그아아아악!

문제는 화염이다. 제아무리 무영이라도 화염도깨비의 화염을 그대로 받으면 버티지 못한다. 그나마 버티고 있는 건 미리 현자의 비약을 마심으로써 한 가지 능력을 개화한 상태였기 때문이다.

'마력 저항!'

현자의 비약은 무작위 능력치 하나를 개화시키는 물약이다.

무작위이기에 운의 성격이 짙다.

하지만 무영은 무작위가 되는 선택지를 줄이는 방법을 알고 있었다.

'현자의 비약은 시간과 장소에 따라 개화되는 능력치가 조금씩 달라진다.'

다행히 전날은 만월이었다.

보름달이 뜬 날 저녁은 마력이 가장 풍부할 때다. 호수 근처에 반사되는 마력이 특히 많다.

그리하여 무영은 마력 저항 능력치를 개화시킬 수 있었다.

마력 저항.

이름 그대로 마법과 이능의 저항력을 높여주는 특성이다.

일반적인 장비가 마력 저항 특성을 가진 경우는 매우 드물었다. 관련 스킬도 적었고, 성직자와 관련된 클래스의 축복으로도 얼마 못 올리는 게 마력 저항이었다.

하지만 능력치로써 개화하게 되면 이야기가 다르다. 노력에 따라서 절대적인 마법 방어를 이뤄내는 것도 가능하게 되는 것이다.

최상위의 강자가 되는 조건 중 하나가 현자의 비약으로 마력 저항 능력치를 개화했느냐 아니냐로 갈릴 정도였으니 더 말이 필요한가?

문제는 현자의 비약은 정말로 얻기 어렵다는 것.

무영이야 네 가지 시크릿 클래스로 때울 셈이었기에 법보 아수라에 조금 더 무게를 준 것이지만, 아니었다면 첫 보스전의 보상으로 현자의 비약을 선택했을 터다.

그런데 멀린을 만나서 현자의 비약을 얻을 수 있었다.

'누가 더 버티느냐의 싸움이다.'

단검에는 강력한 신경독이 발라져 있었다.

화염도깨비라도 조금은 영향이 갈 수밖에 없으리라.

게다가 비탄은 끊임없이 화염도깨비의 피를 흡수하고 있었다.

그아아아악!

어떻게든 무영을 떼어내려고 했지만, 무영도 필사적이었다.

하지만 단순 버티기 싸움이라면 무영이 더 유리하다.

화염도깨비의 힘이 약간 빠지는 순간, 비탄이 화염도깨비의 가슴을 세로로 가르며 이내 목을 찔렀다.

쿠웅!

그러자 화염도깨비가 두 무릎을 꿇었다.

무영은 그대로 비탄을 뽑고 검집에 넣었다.

〈도깨비 부부의 습격을 성공적으로 방어했습니다.〉

〈생존자 전원에게, 기여도에 따라 보상이 지급됩니다.〉

〈생존자 '무영'의 기여도는 98.7%입니다.〉

〈경이적입니다. 신기록이 경신됩니다.〉

〈솔로몬의 전당에 이름을 남기시겠습니까? 거부할 시 '무명
(No-name)'으로 표시됩니다.〉

첫 보스전에선 고작 80% 정도의 기여도를 보였다.

그러나 소수를 상대하는 만큼 대부분의 기여도를 독식할
수 있었다.

10일 전과는 비교도 안 될 만큼 강해졌기에 가능한 일이
었다.

무영은 전과 마찬가지로 거부의 의사를 머릿속에 담았다.

〈솔로몬의 전당에 이름이 밝혀지는 걸 거부하셨습니다.〉

〈1위 무명(No-name) - 98.7%〉

〈2위 알렉산드로 퀸타르트 - 88.4%〉

〈3위 류신 - 86.3%〉

알렉산드로 퀸타르트는 이미 아홉 길드 중 하나인 태양 길드의 마스터일 것이고, 류신은 한창 무영이 사냥할 때 솔로몬의 전당에서 기존 1위를 차지하던 이름이다.

'권왕 류신.'

처음에는 긴가민가했지만 보스전에도 순위에 든 걸 보면 확실할 듯했다.

인류 10강에는 들지 못했으나 그에 버금간다고 전해지는 괴물.

권왕이라 불릴 만큼 강력하기 짝이 없는 권사이고, 어디에도 적을 두지 않은 진짜 야인이다.

두 번째 보스전은 나머지 둘 모두 높은 기여도를 보였지만 무영과는 10%가량 차이가 났다.

〈히스토리에 '솔로몬의 전당 : 푸른 사원⑵'가 추가되었습니다.〉
〈솔로몬의 율법에 따라 보상이 지급됩니다.〉
〈'법보화' 스킬을 획득했습니다.〉

선택 보상이 아니라 강제적으로 한 가지 스킬이 주어졌다.

이런 경우는 거의 없는데, 선택의 자유가 없는 만큼 쓸 만한 보상이 주어지게 마련이었다.

무영은 기대하며 스킬을 확인했다.

스킬 명칭: 법보화(無)

설명 - 물체, 생명체, 마법과 신성력 등이 담긴 무언가를 법보로 만든다. 사용자가 온전히 '소유'한 대상만 가능하다.

법보를 만드는 능력이라!

등급이 무(無)로 나오는 걸 보면 한 가지 기능만이 가능하다는 의미.

'괜찮군.'

하나 사용하기에 따라선 어지간한 고등급 장비보다 낫다.

무한의 주머니보다 조금 더 범용성이 넓었다. 무한의 주머니에는 넣을 수 있는 부피에 제한이 있고 생명체를 넣을 수 없었다.

하지만 법보화는 더 나아갔다.

'마법, 신성력이 담긴 무언가라면 스킬을 말하는 거겠지.'

가장 주목되는 점은 이것이었다.

가능하다면 사제의 축복을 일회용 법보로 만들어서 사냥할 때 사용할 수도 있다는 뜻이었으므로!

또한 무언가를 숨길 때도 쓸 수 있겠다.

사용법은 그야말로 무궁무진.

무영은 고개를 숙여 화염도깨비를 바라봤다.

화염도깨비의 손이 암컷을 향해 있었다.

죽어서도 함께하고자 하는 의지가 느껴졌다.

'소원대로 해주마.'

화염도깨비라면 당장 쓸 수 있는 소재로썬 최상이었다.

무영은 언데드를 만들 작정으로 두 시체를 질질 끌고 갔다.

무영은 사원 근처에 간단한 나무집을 하나 만들고 그 안에 틀어박혔다.

이제 어느 누구도 무영을 건드리지 않는다.

도리어 무영의 귀환을 기뻐하는 사람도 적지 않았다.

이곳에서 보스를 홀로 사냥할 수 있는 사람은 없었다.

아니, 매일 쳐들어오는 괴물들을 상대하는 것조차 벅찼다.

그런데 무영은 혼자 그 모든 걸 해낼 수 있었다.

그동안 그저 살기 위해 발악했다면 무영으로 인해 조금의 여유가 생긴 셈이다.

무영의 집 앞으로 먹을 걸 두고 가는 사람도 많아졌다.

의지를 넘어서 무영의 무력을 숭상하기 시작했다.

또한, 무영이 '죽음'을 다룰 줄 안다는 소문이 퍼졌다.

집 앞을 지키는 좀비와 스켈레톤으로 인해 생긴 소문이다.

공포와 존중이 뒤섞이며 무영을 신격화하는 자마저 생겨났다.

"무영 님! 제가 무영 님을 험담하고 다니던 악녀를 죽였습니다.”

늦은 저녁.

무영이 집을 나오자 한 남자가 무릎을 꿇으며 보자기 하나를 건넸다.

보자기 안에는 익숙한 여자의 머리가 담겨 있었다.

‘김소영.’

한때 무영에게 꼬리치다가 실패하고, 그다음 오주영에게 달라붙었으나 그 또한 무영에 의해 죽어 방황의 길을 걷게 된 여자.

전혀 신경 쓰지 않고 있었는데 살아서 무영의 험담을 하고 다닌 듯싶다.

아무래도 자신의 생존을 위해선 무영을 나쁜 놈으로 모는 것만이 답이라고 생각한 모양이었다.

그리고 무영을 신처럼 여기는 남자에 의해 죽었다…….

김소영이 머리가 잘린 채로 두 눈을 부릅뜨고 있었다.

얼마나 잔인하게 죽었는지 고통에 절은 게 얼굴에 그대로 남아 있었다.

무영은 눈썹을 굽혔다.

사람이 사람을 죽이는 게 이제 와서 이상한 일은 아니었지만 누군가가 자신을 위해 사람을 죽였다는 건 조금 느낌이 달랐다.

하물며 저런 식의 관심은 별반 달갑지 않았다.

"치워라."

"마, 마음에 안 드셨습니까? 부디 저희를 떠나지 마십시오!"

남자가 바닥에 머리를 박았다.

무영이 사원을 떠나면 모두 죽을 거라고 철석같이 믿는 모습이었다.

'내가 바란 건 이런 게 아니다.'

무언가를 맹목적으로 믿게 된다는 건 결국 흑백논리에 휩싸일 수밖에 없다는 뜻이다.

그리고 팽배한 흑백논리는 인류를 뭉치지 못하게 만든 최대의 적이었다.

인류가 멸망하는 와중에도 살수림의 손님은 많아지면 많아졌지 결코 줄진 않았으니까.

그 꼴이 다시 보기 싫어서 움직였는데 자신으로 인해 똑같은 일이 벌어질 수 있다고 생각하니 기분이 더러웠다.

"3초 내로 꺼지지 않으면 그대로 목을 잘라주마."

"예…… 예엡!"

남자가 보따리를 들고 부리나케 뛰어갔다.

내일 아침이면 김태환이 저 남자를 벌할 것이다.

김태환은 나름의 규율을 만들고 지켜 나가려고 노력하고 있었다.

무영은 혀를 차며 밤하늘을 올려다봤다.

지독히 많은 별이 꿀렁이듯 쏟아지고 있었다.

'앞으로 10일.'

게이트가 열리고 마계로 진입하기까지 남은 시간.

그리고 그 전에 마지막으로 챙겨야 할 게 있었다.

'5일 뒤 탑이 떠오른다.'

25일째 날이 밝으면 동시다발적으로 사원의 중심부에 탑이 솟아오르게 되어 있었다.

탑은 사람을 죽여본 자만이 들어가는 게 가능하다.

그리고 한번 들어가면 특수한 목적을 달성하기 전까진 나올 수 없다.

'그곳에서 미치광이 군주의 반지를 얻어야 한다.'

탑은 모든 사원과 연결되어 있다.

지금까지 살아남은 정예가 모인다.

그리고 탑의 최상층에 오르며 200명에 달하는 사람을 몰살시키면 미치광이 군주의 반지를 보상으로 얻을 수 있었다.

살벌하기 짝이 없는 조건이지만 미치광이 군주의 반지만큼은 반드시 얻어야 했다.

푸른 사원에서 얻을 수 있는 최고의 보물이 그것이었으니.

또한, 미치광이 군주의 반지는 S등급의 무기인 '디아블로스'를 깨우는 데 반드시 필요한 물건 중 하나였다.

S등급 이상의 무기는 마계에도 거의 없다. 고작해야 손으로 셀 수 있을 수준.

그러니…… 목적을 위해선 다시금 학살자가 될 수밖에 없었다.

어차피 탑은 사람을 죽여본 자만 들어갈 수 있다. 살인자들의 핏빛 축제가 시작되는 것이다.

무영의 눈이 한없이 깊게 가라앉았다. 다리를 꼬고 앉아 명상에 잠겼다.

가만히 내부를 관조하고 여태껏 걸어온 길을 상기하며 실수를 되짚어볼 때 무영은 이처럼 명상을 하곤 했다.

그리고 지금은 한 가지의 구상을 위해 눈을 감고 있었다.

도깨비 부부의 사체로 만들 언데드의 형태와 쓰임새를 정하기 위해서다.

이런 노력 자체가 무영에게 있어선 굉장히 색다른 경험이었다.

고민을 거듭하던 무영이 눈을 떴다.

"도깨비들이 너무 불쌍해 보여요."

딴지의 제왕 낑낑이와 조용히 놀고 있던 배수지가 곧장 말했다.

거리낌 없이 집 안으로 들어오는 건 배수지가 유일했다.

무영이 오주영의 머리를 잘랐을 때만 하더라도 겁에 질렸던 배수지지만 이후 변화가 있었는지 아무렇지 않은 듯 찾아와 낑낑이와의 놀이를 자처한 것이다.

무영도 그걸 거절하지 않았다.

하지만 스스로의 구역에 누군가를 들이는 건 흔치 않은 경우였다.

무영 본인이 생각해도 이상한 일이라 곰곰이 생각해 본 결과 한 가지 결론에 도달할 수 있었다.

'여명의 발키리 클래스가 가진 특성이겠지.'

배수지는 사원의 모두에게 조금씩 보살핌을 받고 있었다.

그전이라면 있을 수 없는 일이다.

모두가 생존을 위해 어린 배수지를 무시하지 않았는가.

아마도…… 여명의 발키리 클래스는 주변 인간의 감정을 우호적으로 만드는 성향을 가지고 있을 터였다.

과거 성녀라 칭해진 '스노우'가 이와 비슷했다.

마왕 군단에 의해 죽기는 했지만 용군주처럼 그녀 역시도 수많은 인간을 규합시키려 했던 일인이었다.

"도깨비가 불쌍하다?"

어쨌든 적대적이지 않은 이상 배수지를 쳐 낼 필요는 없어 보였다.

방해가 되었다면 모르지만 적어도 무영이 무언가를 행할 때 배수지는 숨소리마저 줄이며 조용히 침묵했다.

가만히 되묻자 배수지가 답했다.

"부부는 같이 있고 싶어 하잖아요."

도깨비 부부의 시체를 가리켰다.

확실히 화염도깨비는 마지막까지 목이 잘린 암컷 도깨비와 함께하고자 하였다.

"같지 있지 않나?"

"그게 아니라…… 조금 더 밀접하게…… 으음."

단어의 선정에 있어서 어려워하는 모습이었다.

하지만 대충의 뜻을 알아들었다.

무영은 가만히 두 도깨비를 바라봤다.

'뿌리가 달라도 나뭇가지가 얽혀 한 나무처럼 자라는 경우가 있지.'

그런 현상을 연리지라고 부른다.

'아예 둘을 합친다?'

같은 구조의 도깨비를 합친다고 더 특별한 언데드가 완성될 것 같지는 않았다.

하지만 신체를 교체하는 게 아니라 그저 연결할 뿐이라면 더 괜찮은 결과가 나오지 않을까?

두 몸이 하나인 것처럼 움직이게 만드는 것이다.

도전할 가치는 있다고 보았다.

뼈가 드러난 두 도깨비가 등을 마주하고 섰다.

등뼈에 홈을 파고 톱니처럼 둘이 맞물리도록 만들었다.

만약 전혀 다른 두 사람이 이처럼 합쳐진다면 제대로 걷지조차 못할 것이었다.

서로의 호흡을 알고 배려가 있어야만 움직이는 게 가능하다. 그러나 둘은 부부였다.

　죽어서도 시체를 지키고자 화염도깨비는 스스로의 몸을 던졌다.

　도깨비는 호전적이고 잔인하지만 적어도 부부의 헌신에 있어서만큼은 인간보다 나았다.

　죽을 때까지 하나만 바라보며 살아가는 탓이다.

　'소원대로 해주마.'

　단순하기 짝이 없는 작업이지만 이것만으로도 충분했다.

　무영은 화염도깨비가 바란 대로 더없이 둘을 가깝게 붙여 줬다.

　암컷의 잘려 나간 머리는 가슴팍을 뚫고 넣었다.

　이후 무영은 손을 들어 '죽음의 예술' 스킬을 발동시켰다.

〈좋은 소재입니다.〉

〈스킬의 랭크가 무척 낮습니다.〉

〈두 도깨비는 전혀 다른 속성을 지니고 있습니다. 그러나 더할 나위 없는 조화를 이루었습니다.〉

　이윽고 무영의 머릿속으로 짧은 영상이 흘러 지나갔다.

　도깨비 부부의 이야기가 영화처럼 재생된 것이다.

　전쟁터.

수백의 화염도깨비와 얼음 속성을 지닌 빙도깨비가 처절하게 싸우고 있었다.

둘은 그곳에서 적으로 만났다.

결국 화염도깨비는 패했고 모두 죽었다.v하지만 무슨 변덕인지 암컷 도깨비는 죽어가는 수컷 도깨비를 숨겼다.

이후 오랜 시간 극진하게 보살폈으며 그 친절에 감동한 수컷 도깨비가 청혼했고 모든 일족의 반대에도 불구하고 평생 서로를 보듬어주기로 약속하였다.

하지만 일족의 추격을 피해 도망 다닐 수밖에 없었다. 푸른 사원까지 흘러들어 온 건 어쩌면 필연적이었으리라.

비록 무영에 의해 죽음을 맞이하긴 했지만 오히려 평안하다. 둘의 사랑은 죽은 뒤에도 영원히 계속될 것이었다.

〈죽음으로써 완전해진 사랑! 데스 로드는 매우 만족해합니다.〉
〈예술 점수 71점! 놀라운 작품이 탄생했습니다!〉

이름: 빙화(氷火)의 해골
레벨: 47
성향: 스켈레톤
힘 45
민첩 36
체력 51

지능 21

지혜 34

+불과 얼음 속성의 장막을 반경 5m까지 만들어냅니다.

+화염포와 얼음 기둥 스킬을 사용할 수 있습니다.

+이동 속도가 매우 느립니다.

〈스킬 랭크가 F에서 E등급으로 상향되었습니다.〉

무영은 한참이나 장문의 글을 읽고 또 읽었다.

여태까지 만든 언데드와는 비교조차 안 될 작품이 완성된 것이다.

드드드득.

이내 움직인 '빙화의 해골'이 조금씩 변화해 갔다.

화염도깨비의 텅 빈 눈동자엔 불꽃이, 빙도깨비의 전신엔 약간의 살얼음이 끼기 시작한 것이다.

척 보기에도 중후한 힘이 느껴졌다.

단순 능력치만 보자면 무영과 비교해도 조금 더 높은 수준이었고 스킬마저 쓸 수 있다면 활용도가 무궁무진할 터였다.

'허.'

솔직히 언데드에 대한 무영의 감상은 지극히 간단했다.

질 보단 양!

전쟁을 치를수록 불어나는 언데드는 누가 봐도 압박이다.

하지만 지금 눈앞에 있는 언데드는 무영의 인식을 깨부수기에 충분했다.

고작 F등급의 스킬로 적당한 소재를 가지고 만들었을 뿐일진대 상상 이상의 결과가 나와 버렸다.

'이야기가 중요했군.'

다른 언데드를 만들 때와 달리 두 도깨비에게는 이야기가 있었다. 그 이야기가 예술 점수로 반영된 것이다.

꿈속에서 보았던 온갖 괴물의 합성은 일종의 함정이었던 셈이다.

'높은 점수를 받으면 스킬의 등급이 올라가는 건가?'

그저 그런 언데드를 계속 만들어 봤자 그다지 효율이 없다는 뜻.

어렵다고 생각했는데 단지 틀에 박혀 있었을 따름이다.

언데드는 생명체의 죽음을 소재로 빚어지는 괴물.

당연히 살아 있을 적의 이야기가 소재의 중심이 될 수밖에 없었다.

'도움이 되겠어.'

무영은 빙화의 해골을 바라보며 만족스럽게 고개를 주억거렸다.

능력치 자체도 무영 본인과 비교해서 부족할 게 없었다.

당장 탑이 떠오르면 꽤 요긴하게 쓸 수 있을 듯싶었다.

이동 속도가 느린 게 흠이지만 크게 상관은 없었다.

어차피 법보화하여 필요할 때만 사용하면 그만이었으니.

'법보화.'

무영은 빙화의 해골에 손을 대고 스킬을 발동시켰다.

그러자 빙화의 해골이 갑작스럽게 수축되며 이윽고 한 장의 부적으로 변화했다.

이제 자신이 원할 때 이 법보로 빙화의 해골을 소환할 수 있을 것이다.

사원에 소환되고 정확히 25일째 날이 밝았다. 그리고 해가 뜸과 동시에 대지가 흔들리며 거대한 탑이 솟아났다.

탑은 기묘했다.

색깔 자체가 피를 연상시키듯 붉었고 정체 모를 신음 소리가 흘러 나왔다.

탑의 입구에는 돌로 만든 표지판이 세워져 있었다.

―살인을 해본 자만 들어갈 수 있다.

―5일을 버티거나 다섯 명을 죽이기 전까진 나갈 수 없다.

―죽인 숫자에 따라 보상이 주어진다.

간단한 규칙이었다.

살인에 미친 인간이 아니고선 들어가지 않을 장소이기도 했다.

실제로 모두가 탑을 가만히 바라만 보고 있었다.

오로지 무영만이 그곳으로 들어가고 있었다.

"죽기 싫으면 오지 마라."

그게 무영이 해줄 수 있는 유일한 충고였다.

무영은 가뜩이나 무표정한 표정을 완전히 지워 버렸다.

깊게 가라앉은 눈동자와 그 속에 감춰진 살의!

40년간 수없이 누군가를 죽여온 무영이다.

비록 돌아오며 다른 삶을 살아보자고 다짐하긴 했으나 과거의 기억이 사라지는 것은 아니었다.

여전히 무영에겐 살수의 피가 흘렀다.

차가우며 무정한.

사람을 죽이는 데 일말의 망설임조차 없는 괴물이 무영이다.

하물며 죽여야 하는 대상이 모두 살인자라면, 누군가를 죽이고자 탑에 들어온 사람이라면 거리낄 게 없다.

탑은 1차 접견 장소와 같다.

마계의 게이트를 넘어서는 순간 다시 마주할 이들.

보통 때라면 가면을 쓰거나 해서 정체를 감췄을 것이다.

하지만 무영은 그저 비탄을 뽑고 걸었다.

만나는 모든 사람을 죽인다면 굳이 가면을 쓸 필요는 없지 않겠는가.

다 죽었다.

이상한 세계로 떨어지고 25일.

며칠 전까진 네 명가량이 살아 있었으나 그마저도 불과 이틀 전 모두 죽고 말았다.

'내가 죽였지.'

탕샤오레이가 히죽 웃었다.

사람들이 죽기 전 경악하는 표정을 떠올리는 것만으로도 하반신이 뻐근해졌다.

그들이 내지르는 비명과 애원.

애처로운 눈빛 모두가 탕샤오레이를 흥분시켰다.

최대한 은밀하게 일을 진행했기에 사람들은 죽기 전까지도 탕샤오레이가 살인자임을 알지 못했다.

4명이 남은 시점에선 의심 암귀가 번져서 애를 먹었지만 그건 그거대로 재미있었다.

어찌 됐든 결국 모두 죽였으니까.

'더…… 더 죽일 수 있어.'

번뜩이는 눈빛으로 단검을 핥았다.

탑이 생기며 그 안에 다른 사람이 있다는 걸 확인했을 때 느낀 전율은 지금도 생생하다.

더 이상 죽일 이가 없었기에 서운하던 찰나이건만 살인자들이 모이는 탑이라니!

물을 만난 물고기와 다를 게 없다.

그야말로 자신을 위해 준비된 장소였다.

'아무도 나를 막을 순 없다.'

10명을 죽인 시점이던가?

그때 얻은 '살육자'는 탕샤오레이에게 딱 맞는 레어 클래스였다.

신이 자신에게 인간을 죽이라고 선물한 것처럼 딱 맞았다.

살육자는 같은 인간을 상대할 때 '모든 능력치 3'의 보정을 갖는다. 그러니 같은 인간이 대상이라면 누구에게도 지지 않을 자신이 탕샤오레이에겐 있었다.

아니, 지는 것 자체가 있을 수 없다!

현대에서 그는 십수억 중국인 중 그저 하나일 따름이었다.

하지만 이제는 다르다.

인간에게 죽음을 가져다주는 사신.

죽음의 신이었다.

뚜벅, 뚜벅.

그때 가까운 장소에서 발자국 소리가 들려왔다.

탕샤오레이가 맛있는 먹이를 발견한 듯 게걸스럽게 침을 흘리며 복도를 달려 나갔다.

"크하하! 내 첫 번째 제물이 되어라!"

상대는 남자였다.

긴 장검을 손에 든 검은 머리.

무기가 제법 좋아 보이는 게 마침 잘됐다.

놈을 죽이고 검을 빼앗으리라.

그렇게 생각하며 탕샤오레이가 남자의 몸뚱이에 단검을 찔러 넣었다.

서걱!

데구르르…….

탕샤오레이는 시선이 급격히 낮아짐을 느꼈다.

이상한 일이었다.

남자는 무표정했다.

단검은 애당초 닿지도 못한 것이다.

아!

그제야 탕샤오레이는 남자의 몸 뒤쪽에 있는 사신의 얼굴을 보았다.

자신과는 비교도 안 될 만큼 죽음을 선고한 진짜 사신이 그곳에 있었다.

'저자는…… 저자가 진짜…….'

수천이 넘는 영혼의 울부짖음!

탕샤오레이는 죽기 전 마지막으로 그것을 느낄 수 있었다.

무영은 탑을 올랐다.

탑은 총 5층으로 이루어져 있고, 1층은 워낙 넓은 데다 올라가는 길이 너무 많아서 일일이 찾아다니기가 번거로웠다.

그다지 여유로운 상황도 아니었다.

〈탑의 인원이 갱신됩니다.〉

〈1,337명〉

달려드는 중국인을 죽이자 그와 동시에 떠오른 글귀.

탑에 몇 명의 인원이 들어왔는지 알려주었다.

하지만 숫자는 빠르게 줄어들고 있었다.

거의 10초에 한 명꼴로 죽어 나가는 중이었다.

'저 중 200명.'

쉽지는 않은 일이다.

미치광이 군주의 반지를 얻었던 '도살자 벤'도 열 명의 사람과 함께 몰아주기 식으로 200명을 죽인 것이었으니까.

아홉 명이 사냥감을 몰아오면 벤이 죽이는 식이었다고 들었다.

그러니 200명을 혼자 찾고 죽이는 건 시간을 매우 잡아먹는 일이었다. 하지만 무영은 개의치 않았다.

무영은 살수였다.

누구보다 많은 암살을 실행했고 모두 성공했다.

누군가의 기척을 읽고 다가가는 건 특기였다.

아주 미세한 공기의 떨림, 작은 진동 하나.

단서가 될 모든 걸 놓치지 않고 따라가면 5일 동안 200의 숫자쯤은 사냥할 수 있으리라 보았다.

무영은 눈을 감았다.

곧 멀지 않은 곳에서 사냥감이 포착됐다.

"살려주세요!"

남자와 여자가 도망가고 있었다.

그 뒤를 쫓는 살인자들의 추격에 진땀을 빼는 중이었다.

소리를 질러도 누군가가 도와주려는 기색은 없었다.

자신을 죽이려는 이들의 기척만 바로 뒤에서 느껴졌다.

"오, 오빠, 나 힘들어."

"안 돼. 멈추지 마."

"어쩌다가 이렇게 된 거지? 그, 그냥 그때 그 사람들을 안 죽였으면……."

"웃기는 소리 말아! 그럼 그대로 당하고 있었을 거야? 죽어도 싼 놈들이었어!"

남자와 여인은 연인 사이였다.

현대에서 함께 소환되어 여태껏 겨우 살아남은 것이다.

그러나 여인의 아름다운 외모가 문제되었다.

두 명이 늦은 저녁 여인을 덮쳤고 당하기 직전 남자가 그 모습을 발견하여 돌로 한 명을 내려찍었다. 나머지 한 명은 여인이 죽였다.

그 결과 살인자의 낙인이 찍혀 탑으로 쫓겨나게 된 것이었다.

억울하다면 억울한 사연이지만…… 그것을 들어줄 살인자들이 아니었다.

"나, 날 버리고 가. 놈들이 노리는 건 나야. 이대로는 둘 다 죽어."

여인은 자신이 남자의 발목을 잡고 있다는 걸 인지하고 있었다.

살인에 미친놈들이 여인의 얼굴을 보며 입맛을 다시던 걸 아직도 잊지 않았다.

남자가 얼굴을 구겼다.

"그런 소리 하지 말랬지!"

"그럼 죽자고? 그냥 죽자고?"

"힘들면 빨리 업혀. 아직 도망갈 수 있으니까."

신경전을 벌이고 있을 틈이 없었다.

지금 이 순간에도 뒤에서 들려오는 다수의 발자국 소리가 가까워지는 중이었다.

여인은 입술을 잘근 깨물며 남자의 등에 업혔다.

속도는 조금 느려졌지만 그 외엔 다른 선택지가 없었다.

그 순간이었다.

채앵!

"끄아아악!"

"괴, 괴물!"

뒤에서부터 비명 소리가 울려 퍼졌다.

"오빠, 이 소리는……."

두 연인을 죽이려 했던 자들의 목소리다.

착각할 리가 없었다.

"누가 그놈들이랑 싸우고 있나 봐. 가서 도와줘야 하지 않을까?"

여인이 조심스럽게 의견을 개진했다.

만약 누군가가 뒤에서 싸우고 있는 것이라면 도와주는 게 나을 수도 있었다.

살인자들이 승리할 경우 계속해서 쫓길 위험이 있기 때문이다.

남자는 잠시의 고민 끝에 고개를 끄덕였다.

차라리 싸우는 누군가와 힘을 합칠 수 있다면 그러는 편이 생존에 도움이 되리라고 판단했다.

게다가 살인자들에게 괜한 사람이 걸렸다면 도와주는 것

이 인지상정이었다.

발걸음을 되돌렸다.

그리고…… 곧 두 연인은 말도 안 되는 장면과 마주하게 되었다.

"사, 살려줘! 제발!"

"내 팔, 내 팔!"

살인자는 7인조였다.

그들을 상대하는 사람은 단 한 명뿐이었다.

숫자 앞에 장사 없다는 말처럼 소수는 다수를 당해내지 못하는 법이다.

그러나 그에게 평범한 상식은 통하지 않았다.

그는 강했다.

순식간에 일곱 명의 살인자를 해체해 버렸다.

이후 그가 두 연인을 바라봤다.

꿀꺽!

팔다리가 잘려 나간 시체들이 즐비하게 널렸다.

그의 눈을 마주한 순간 둘은 움직일 수가 없었다.

수많은 사람을 봤지만 그와 같은 분위기를 내뿜는 자는 단연코 없었다.

연인 중 남자가 애써 두려움을 떨쳐 내며 입을 열었다.

"괘, 괜찮으십니까?"

"왜 그대로 도망가지 않았지?"

"도와드리려고요."

달리 거짓말을 한 것도 아니었다.

도망가던 것을 어떻게 알았는지에 대해선 생각하지 못했다.

이윽고 그, 무영이 눈살을 찌푸렸다.

'정은 강한 자만 베풀 수 있는 것이다.'

25일간 생존했으면 진즉 깨달았을 진리다.

약자가 베푸는 정은 도리어 상황을 악화시키게 마련이다.

게다가 두 연인의 상태를 보아 탑에서 5일을 버티긴 글렀다.

여자는 발을 접질렸고 남자도 내색은 안 하고 있지만 내장이 뒤틀린 듯 얼굴이 시퍼렇다.

사람을 죽였기에 탑으로 들어왔겠지만 이 안에는 살인에 미친 자가 많았다.

그들에게 걸리면 경험할 수 있는 모든 공포를 겪고 죽을 것이다.

여기서 무영을 만난 게 운이 좋다고 해야 할지, 나쁘다고 해야 할지…….

'모두 죽인다.'

가면 같은 걸 쓰지 않은 이유가 뭐였던가.

만나는 모두를 죽이면 그럴 필요가 없다고 여겨서다.

적어도 이 탑에서만큼은 죽음을 몰고 다니는 사신이 될 작정이었다.

그 뜻을 결코 굽힐 생각은 없었다.

스릉!

비탄이 울음을 토해냈다.

무영의 얼굴에 싸늘한 냉기가 돌았다.

〈50명을 학살했습니다!〉

〈이제부터 탑의 모든 사람에게 '학살자'의 위치가 붉은 점으로 노출됩니다.〉

〈위치는 상태창 시계를 통해 확인할 수 있습니다.〉

상태창 시계로 탑의 지도를 확인할 수 있었다.

그리고 그 지도에 무영의 위치가 붉은 점으로 표시됐다.

지금쯤 다른 모든 사람에게 비슷한 경고문이 전달되었을 터.

'무작정 돌아다니기만 할 수는 없겠군.'

웬만한 사람이라면 붉은 점의 주변으로는 다가오려 하지도 않을 것이다.

탑에 들어오고 24시간이 지나자 새로운 문구가 떠올랐다.

〈하루가 지났습니다.〉

〈1층이 폐쇄됩니다.〉

〈생존 인원 895명〉

무영이 스산한 미소를 입가에 머금었다.

탑은 총 5층까지 있다.

하루에 한 층씩 물이 들어차며 폐쇄된다.

익사하지 않으려거든 층을 오를 수밖에 없었다.

비록 무영의 위치가 붉은 점으로 표시된다지만 피하고 싶
어도 피할 수 없는 구간은 있게 마련이다.

'3층으로 향하는 입구.'

2층에서 3층으로 향하는 입구는 두 개가 있었다.

그리고 무영은 그중 하나를 막을 계획이었다.

나머지 하나의 입구가 비지만 그 또한 지나가기 쉽지 않을
것이다.

'빙화의 해골.'

무영은 법보 한 장을 꺼냈다.

툭 털어내듯 법보를 한 차례 흔들자 그 속에서 빙화의 해
골이 튀어나왔다.

투둑, 투두둑.

뼈 소리를 내며 빙화의 해골이 달그락거렸다.

무영은 폭이 5m쯤 되는 입구를 가리키며 조용히 말했다.

"이곳을 지나는 모든 사람을 죽여라."

입구는 두 개.

그중 하나를 빙화의 해골이 틀어막는다.

사람들은 선택해야 할 터였다.

무영을 만날지 빙화의 해골을 만날지, 아니면 익사해서 죽을지!

어느 쪽이든 쉽지 않은 선택이 되리라.

'이제 기다리기만 하면 된다.'

찌를 놓은 낚시꾼의 마음으로 무영은 느긋하게 기다리고자 하였다. 가만히 팔짱을 낀 채 입구를 지나는 사람이 나오기를 기다렸다.

그리고 무영의 생각보다 얼마 안 되어 사냥감이 몰려오기 시작했다.

'학살자'로 분류돼 붉은 점이 표시된다고 하더라도 모두가 피해가는 것은 아니었다.

"학살자라고 해서 얼마나 무서운 놈일지 기대했더니 이거 완전 비실비실하잖아?"

자신의 힘을 증명하고 싶은 어리석은 자들.

학살자의 얼굴이 궁금해서 찾아오는 사람도 적지 않았다.

그리고 호기심은 고양이도 죽이게 마련이다.

서걱!

근육질 남자의 검을 든 손목이 깔끔하게 잘렸다.

단면에서 피가 솟구치자 남자가 잘린 손목을 부여잡곤 비명을 내질렀다.

"끄아아악! 이, 이 개새끼가!"

그리고 무영의 서늘한 눈빛을 마주한 순간 남자는 순식간에 꼬리를 내렸다.

두 발이 떨어지지 않았다. 마치 사자를 마주했을 때 발이 묶이는 현상과 같았다.

"아, 아냐, 내가 말을 잘못했다. 친구, 응? 한 번만…… 꺼억!"

내장을 비집고 들어간 비탄이 꾸역꾸역 피를 빨아들였다.

이내 미라처럼 말라 버린 남자가 바닥에 고꾸라졌다.

이처럼 무영의 첫인상을 보곤 무시하는 이도 많았지만 그런 이들은 대개 일 합조차 버티지 못하거나, 신체의 어느 부위 하나가 잘려 나가면 말을 바꾸기 일쑤였다.

무영의 앞으로 차곡차곡 시체가 쌓였다.

피 냄새가 주변을 진동하며 묽은 피가 바닥을 어지러이 흐를 즈음 무영은 입구로 통하는 길목에 최대한 시체를 잘게, 잔인하게 썰어 배치하기 시작했다.

'경고와 분열.'

제아무리 무영이라고 하더라도 수십 명이 동시에 밀고 들어오는 걸 당할 수는 없었다.

탑에 모인 누구보다 강하다고 자부하지만 그건 어디까지나 1:1의 상황을 상정한 것.

강자 한 명이 약자 수백을 압도하는 게 마계의 현실이지만 아직 그 정도로 성장하지는 못한 것이다.

무영은 냉정하게 현실을 파악했다.

오만함은 독이며 제 살을 깎아 먹는 주범이다.

괴물을 상대할 때야 같은 짐승이 되어 살육을 자행했지만 인간은 생각할 줄 아는 존재다.

그러니 그 부분을 최대한 이용한다.

이 시체들을 본 사람들은 생각할 것이다.

혼자서 지나갈 순 없으리라고.

그래서 힘을 모으려고 하겠지만, 그게 말처럼 쉬울까?

'다섯 명을 죽이면 나갈 수 있다.'

탑의 탈출 조건 중 하나였다.

겁에 질린 사람들이 분열을 일으키기 가장 쉬운 구조.

모든 걸 초월하는 카리스마를 가진 누군가가 혜성처럼 등장한다면 모르겠지만, 그렇지 않은 이상 분열은 확정되어 있었다.

무영이 아닌 다른 입구를 택해도 마찬가지다.

도리어 빙화의 해골은 인간이 아니기에 원초적인 공포를 맛보게 되리라.

그리고 그렇게 분열된 자들 중에는 억지로 입구를 지나려는 사람도 나올 것이었다.

인간은 이성적이지만 이성을 잃게 되면 무모한 선택이란 걸 알고서도 곧잘 움직이는 법이니까.

'그럼……'

무영은 입구의 벽에 기대어 가만히 눈을 감았다.

누군가가 근처에 도달하면 알아차릴 수 있도록.

어차피 앞으로는 시간과의 싸움이었다.

탑으로 들어오고 36시간이 지났을 무렵.

〈'학살자'가 100명을 죽였습니다!〉

〈이제 '학살자'가 근처로 다가오면 상태창 시계에서 경고음이 나옵니다.〉

〈11시간 56분 뒤 2층이 폐쇄됩니다.〉

모두의 눈앞으로 이와 같은 글귀가 떠올랐다.

학살자는 그저 가만히 두 개의 입구를 막고서 있을 뿐이었다.

용감한 사람은 전부 죽었다는 뜻이며 입구를 지나기 위해선 저 학살자를 죽여야 한다는 것을 모두가 깨닫는 데에는 오랜 시간이 필요하지 않았다.

"뭉쳐야 살 수 있다."

강력하기 짝이 없는 하나의 적.

사람들이 뭉칠 구실이 된다.

특이점을 지닌 사람 한 명만 출현한다면 우르르 몰리게 되어 있었다.

그리고 콜린은 그 특이점을 가진 사람 중 한 명이었다.

왕자.

유니크 클래스이기도 하지만 실제로도 그는 영국의 왕자였다.

그는 최대 서른 명까지 '작위'를 수여할 수 있었고, 수여된 작위에 따라서 사람들의 능력치 따위를 보강시킨다. 충성도는 덤이다.

'과반수가 적으로 돌아서면 죽는다'는 페널티가 존재하지만 그걸 포함하더라도 충분히 매력 있는 클래스였다.

원래 강력한 클래스일수록 동반되는 페널티는 커지게 마련이다.

그리고 콜린은 충직한 열 명의 부하와 함께 탑으로 들어왔다.

하지만 학살자는 강했다.

직접 부딪치지 않아도 알 수 있었다.

혼자서 100명을 죽인다는 건 상식적으로 있을 수 없는 일이니.

열 명으로도 부족하다고 생각한 콜린은 자신의 편을 조금 더 늘리기로 하였다.

"너희를 죽이지 않겠다. 대신 나와 함께해라."

콜린은 바닥에 쓰러진 다섯 명의 무리를 향해 말했다.

다섯 명 중 수장으로 보이는 이가 콜린의 얼굴을 향해 침을 뱉었다.

"풰! 그게 무슨 개소리냐?"

"이 새끼들이! 죽고 싶어서 환장을 했구나!"

콜린의 옆에 있던 풀 플레이트를 입은 남자가 앞으로 튀어
나왔다.

대검을 빼 들고 다섯 명의 목을 치려는 걸 콜린이 막았다.

"스윈 경, 나는 괜찮소."

"하지만 왕자님, 이 무례한 놈들이."

퍼어억!

콜린의 주먹이 스윈이라 불린 남자의 가슴팍을 때렸다.

스윈은 전신 풀 플레이트 갑주를 입은 상태였는데 갑옷이
패이며 날아가듯 허공에 붕 뜨는 게 아닌가.

쿨럭!

스윈이 피를 토하자 콜린은 말했다.

"스윈 경, 나는 괜찮다고 했소."

"……죄, 죄송합니다."

스윈의 얼굴에 공포가 서렸다.

콜린은 왕자라는 특이한 클래스 외에도 강력한 무력을 가졌
고 그것을 적절히 사용해 사람을 지배하는 방법도 알고 있었다.

태생적이라고 해야 할 것이다.

사람을 지배하는 천부적인 재능!

때문에 절반의 사람이 배신해야 죽는다는 페널티는 사실

상 없는 거와 같았다.

그 힘을 본 다섯 명의 사람은 침을 꿀꺽 삼켰다.

그리고 콜린은 다시금 협상 테이블에 앉아 그들에게 웃으며 강요했다.

"나와 함께해라. 그리하면 너희는 모든 영광을 누릴 수 있을 것이다."

처음에는 한 명이었다.

무영은 거침없이 자신을 향해 돌진하는 한 명을 베었다.

그러자 다음은 두 명이 찾아왔다.

다음은 다섯 명이었고, 그쯤 되자 무영도 눈치챌 수밖에 없었다.

'나를 시험하고 있다.'

누굴까?

무영은 진한 흥미를 가졌다.

제법 지도력이 있는 자가 나타났다.

그가 사람들을 규합하고 있으며 그들을 사지로 밀어 넣고 있다.

오로지 무영의 힘을 재고자 함이었다.

무영의 힘을 측정하고 되었다 싶으면 밀어붙여서 죽이려

는 그 살의가 조금씩 느껴지고 있었다.

'사제 계열 클래스가 있는 건지 강화가 되어 있군.'

게다가 무영을 공격하는 사람들은 한결같이 강했다.

강하다고 해봤자 거기서 거기이긴 하지만 평균을 한참 웃돌고 있었다.

힘에 적응을 못 해서 마구잡이로 휘두르는 이들을 보면 확실한 듯했다.

만약 사제를 비롯한 정상적이고 이상적인 파티가 완성되어 있다면 무영이라도 조금은 진지하게 싸움에 임해야 할 것이었다.

그러나 무영은 작게 미소 짓고 말았다.

무언가가 간질이는 이 느낌.

어려운 임무를 배정받았을 때 느끼던 감정과 비슷했다.

오랜 시간 살수를 해온 버릇은 어디 가지 않았다.

고치려 해도 고칠 수 있는 종류의 것이 아니었다.

'그렇다면……'

아마도 무영의 힘을 확인하고 확신이 서기 전에 당사자가 나타날 일은 없을 것이다.

머리가 있는 자라면 멀리서 그저 지켜만 보고 있을 터.

무영이 다가갈 순 없다.

'학살자'가 된 이상 가까이 다가가면 상태창 시계에서 경고음이 울린다.

그러면 적은 아예 깊숙한 곳으로 숨어버릴 것이었다.

푸욱!

일곱 명이 죽고 마지막 남은 한 명이 무영의 배에 칼을 꽂았다.

"아, 아아……!"

철그렁!

칼을 꽂은 남자도 믿기지 않는다는 듯 묘한 소리를 내지르다가 칼을 떨구며 즉시 뒤도 돌아보지 않고 도망가기 시작했다.

이어 남자가 완전하게 시야에서 모습을 감추자 무영은 배에 꽂힌 검을 뽑았다.

'내장은 다치지 않았군.'

고의로 맞은 검.

내장을 모두 빗겨가게 설계하고 움직인 것이다. 그래도 흐르는 피를 어찌할 순 없었지만 주변에 시체는 많았다.

꿀렁! 꿀렁!

무영이 비탄을 시체에 들이대자 비탄이 피를 흡수했다.

눈에 띄는 속도로 상처가 아물어 갔다.

'자, 어찌 나올 것이냐?'

무영은 남자가 도망간 방향을 바라봤다.

질문을 던졌으니 곧 답이 오리라.

무영이 상처를 입었다는 걸 알면 총공격을 해외도 이상할

게 없었다.

그리고 적의 숫자가 많을 경우 무영도 힘겨운 싸움을 해야 함에 이견이 없었다.

그러나…….

무영은 흩어진 시체들을 모았다.

'혼자이되 혼자가 아닌.'

로드 클래스.

데스 로드!

그렇다.

아군은 만들면 그만이었다.

절대로 배신할 리 없고 무영을 위해서라면 모든 걸 내던질 죽음의 병사를.

언데드를 만드는 건 체력을 소모한다.

하지만 그건 어디까지나 신경을 써서 만들었을 때다.

등급이 오르며 소모가 약간 줄기도 했지만 무영은 그보단 시체 그대로를 언데드로 만드는 데 주력했다.

생전의 능력치가 마이너스 몇 %를 찍건 상관하지 않았다.

미지는 공포다. 이 세상에서 모르는 건 정말로 죄가 된다.

탑에 오른 사람은 사원에서 25일간 온갖 괴물과 사투를 벌이며 살아남은 자들이지만 그들은 언데드에 관해선 무지했다.

상대하는 법을 알지 못하는 이상 쉽게 살아 돌아갈 순 없으리라.

그렇게 만들어진 언데드 중 몇몇은 탑을 배회하며 '먹이'를 찾았다.

"뭐야, 너? 죽은 거 아니었어?"

학살자에게 보낸 콜린의 동료가 돌아오자 반겨주는 사람들이 있었다.

절뚝이며 걸어오는 동료를 향해 모여들어 각자가 입을 열었다.

"이 새끼 왜 대답이 없어?"

"좀 심하게 다친 거 같은데 내비 둬."

그들은 정말 아무런 의심조차 하지 않았다.

시체 특유의 냄새가 나는 것도, 다소 행색이 수상한 것도 개의치 않았다.

왜냐하면…… 그들은 겪어본 적이 없기 때문이다.

죽음에서 돌아온 언데드의 무서움을.

조금 전의 동료가 적이 되어 목줄을 물어뜯는 공포를!

콰득!

"끄아아악!"

"이, 이 새끼가 미쳤나!"

"야, 떨어져. 떨어지라고!"

가장 가까이에 있던 사람을 물어뜯는 좀비를 떨어뜨리고자 3명이 가세했지만 소용없었다.

언데드 중에서도 최하위권 레벨의 좀비에게 주어진 유일

한 무기가 턱의 악력이다.

아예 턱을 뜯어내지 않는 이상 절대로 잡은 먹이를 놓치지 않는다.

결국 좀비 스스로가 떨어졌을 때 목이 물린 한 명이 피분수를 일으키며 바닥에 주저앉았다.

크르르릉.

마치 비웃듯 좀비가 가래 끓는 소리를 내뱉자 3명이 모두 무기를 꺼내 들었다.

스릉!

"괴물이다! 사람이 아냐!"

그제야 문제의 심각성을 깨달은 것이다.

이후의 싸움은 단조로웠다.

좀비의 약점이 머리라는 걸 깨닫기 전까지 몸을 벌집처럼 난도질했다.

"헉…… 헉……!"

"빌어먹을 괴물새끼."

좀비가 완전히 동작을 멈췄음에도 그들은 화풀이로 시체를 걷어찼다.

하지만 끝이라고 생각할 때가 가장 위험한 순간임을 그들은 몰랐다.

덥석!

"끄아아아악!"

좀비에게 목이 물려 뜯겨 죽은 남자가 되살아난 것이다.

〈131명을 죽였습니다.〉

〈잔인한 학살자여! '탑'의 신기록이 경신됩니다.〉

〈솔로몬의 전당에 이름을 남기시겠습니까? 거부할 시 '무명 (No-name)'으로 표시됩니다.〉

무영은 고개를 저었다.

'131명.'

언데드가 죽인 사람도 무영의 기록으로 더해진다.

그리고 90명이 넘었을 때 3위로 입성한 이후 어느덧 신기록을 세운 듯싶었다.

무영의 기억에 의하면 최고 기록은 도살자 벤이 세웠지만 시기가 달랐다.

'도살자 벤은 아직 소환되지 않았지.'

200명을 넘게 죽여서 '미치광이 군주의 반지'를 얻었던 도살자 벤은 앞으로 3년은 있어야 소환된다.

그러나 무영이 기록을 경신한 이상 앞으로도 계속 숫자를 늘려 나갈 작정이었기에 도살자 벤은 다시 신기록을 세울 수 없을 것이다.

〈히스토리에 '핏빛 탑'이 추가되었습니다.〉

〈솔로몬의 전당에 이름이 밝혀지는 걸 거부하셨습니다.〉

〈1위 무명(No-name) - 131명〉

〈2위 웡 청린 - 130명〉

〈3위 류신 - 111명〉

보상은 탑을 나설 때 주어진다.

추가적인 글귀가 없음에도 개의치 않았다.

'웡 청린……!'

하지만 위와 같은 기록이 뜰 때마다 무영은 눈살을 구길 수밖에 없었다.

웡 청린.

살수림을 이끌던 살주의 본명이다.

살주의 본명을 아는 건 수백의 살수 중에서도 무영뿐이었다.

그는 진정한 의미에서 그림자였으며 이 세상의 경계에 존재했기 때문이다.

만약 무영이 스스로 세뇌를 깨버리지 못했다면 평생 그 이름을 알지 못했을 것이다.

빠드득!

당연하게도 웡 청린은 현재 무영이 죽여야 할 이들 중 가장 윗선에 있다.

지금도 마계에서 살수를 키우고 있을 것이며 그의 손에 죽어간 영혼이 성불하지 못하고 무한한 고통을 맛보고 있을 게 뻔했다.

과거 무영과 같이 납치당해 지옥과 같은 수행을 강제적으로 하는 사람도 계속해서 늘고 있을 것이다.

'기다려라.'

지금은, 지금은 아니다.

무영에게 주어진 기회는 한 번뿐이었다.

과거로 돌아오는 기회가 한 번 더 주어지리란 안일한 생각은 하지 않았다. 그러니 완벽하게 준비를 끝마친 후 벼락처럼 몰아붙일 작정이었다.

자신의 기억이 온전한 이상, 웡 청린은 결코 죽음을 피해 갈 수 없다.

무영은 화를 가라앉혔다. 순간적으로 호흡이 돌아오고 심장의 고동 소리가 일정한 간격을 유지했다.

웡 청린에 대한 복수는 당장 이룰 수 있는 게 아니었다.

그보단 미치광이 군주의 반지를 얻는 데 주력해야 했다.

'좀비는 높은 확률로 죽인 대상을 감염시킨다.'

좀비 자체는 결코 강하다고 할 수 없었다.

움직일 수 있는 기한도 짧고 인간을 꾸준히 섭취하지 않으면 빠르게 썩는다.

하지만 그 전염성 때문에 경계가 된다.

특히 언데드에 무지한 사람은 좋은 먹잇감에 불과하다.

좀비의 숫자는 계속해서 불어나고 있었다.

"콜린 개새끼, 다 죽을 걸 알면서 우리를 미끼로 써?"

"3층으로! 2층은 답이 없어."

"사, 상태창 시계가 울리는데?"

"다른 입구는 해골이 막고 있다. 그리고 그 학살자라는 놈은 중상을 입었어! 승산은 충분하다."

제법 가까운 곳에서 다섯 명 정도의 기척이 느껴졌다.

학살자인 무영이 이곳에 있는 걸 알고도 도전하려는 자들.

반대편 입구로 갔다가 빙화의 해골을 만나곤 우회한 듯싶었다.

'분열이 시작됐다.'

사람들을 모아 규합하던 무리가 흔들리기 시작했음을 알 수 있었다. 그 중심에 있는 자의 이름이 '콜린'이라는 것도.

무영에 의해 죽고 언데드로 살아 돌아온 동료가 자신을 물어뜯는다.

콜린이라는 자에게 신뢰가 생길 리 만무했다.

계획대로다.

무영은 그저 조용히 비탄을 뽑았다.

〈'학살자'가 150명을 죽였습니다!〉

〈솔로몬의 율법에 따라 '학살자'를 저지하는 자에게 기여도만큼의 커다란 보상이 주어집니다.〉

〈4시간 49분 뒤 2층이 폐쇄됩니다.〉

안전장치인가?

50명 단위로 무영에 대한 경계 레벨이 바뀌었다.

그리고 150명을 찍자 아예 무영을 '보스'로 인식했다.

마치 무영이 더 이상 죽이는 걸 바라지 않는다는 듯이 말이다.

하지만 무영을 죽이고자 입구로 오는 사람은 점차 줄어갔다.

그럴 수밖에 없다.

죽을 자리임을 뻔히 아는데 그곳으로 기어들어 갈 사람이 있을 리 만무했다.

탑은 어디까지나 사냥을 위해 들어온 거지 사냥을 당하려고 들어온 게 아니기 때문이다.

무영은 느긋하게 기다렸다.

좀비도 싫고 무영이나 빙화의 해골을 만나는 것도 싫다.

그렇다면 사람들은 어떤 선택을 내리게 될까?

'탈출.'

5명을 죽이면 탑을 나갈 수 있다.

절대적인 명제이며 유일한 탈출구다.

사람이 모인 곳일수록 이기적인 경향은 두드러지게 마련이었다.

당장은 콜린이라는 자에 의해 뭉치고 있을 테지만 그것도 시간문제였다.

'슬슬 움직여야겠군.'

이제 입구를 막고 있는 건 의미가 없었다.

콜린은 무너지지 않기 위해 탈출하든가 무영을 '보스'로 인식했으니 그걸 구실로 총공격을 해올 것이었다.

지금처럼 입구를 막고만 있는 건 어리석은 일이다.

좀비는 2층 전역에 퍼졌고 그로 인해 사람들의 위치도 알게 되었다.

무영은 그냥 움직이기만 하면 된다.

학살자가 움직이며 사냥을 시작했다는 정보만 주면 혼란은 가속될 터.

궁지에 몰린 자들의 선택과 말로는 이미 정해져 있었다.

삑- 삑-!

상태창 시계가 울린다.

지도에 나타난 붉은 점이 빠르게 움직이고 있었다.

여태껏 그저 입구만 지키던 학살자의 태동에 사람들이 긴

장했다.

"끄아악!"

그리고 붉은 점과 마주한 사람들은 어김없이 죽어 나갔다.

살아남은 자들이 들을 수 있는 건 죽은 자의 비명밖에 없었다.

혼비백산.

좀비와 학살자의 조합은 사람들의 혼을 빼놓기에 충분했다.

푸욱!

결국 한 명이 극단적인 선택을 하고 말았다.

"커헉! 너……!"

"미, 미안하다. 너만 죽이면 딱 다섯 명이야. 난 죽기 싫어."

콜린에 의해 뭉쳤지만 생존이 먼저였다.

동료의 등을 찌른 남자의 몸에 환한 빛이 어렸다.

곧 남자의 몸이 거짓말처럼 사라졌다.

그것을 본 사람들은 가지고 있던 '선' 하나가 끊어짐을 느꼈다.

한 번이 어렵지 두 번부터는 쉬운 법.

삑- 삑- 삑…….

하물며 붉은 점은 계속해서 움직이고 있었다.

"죽어!"

"으아아아아!"

수십이 모인 굳건한 무리도 죽음의 공포 앞에선 흔들릴 수밖에 없었다.

하지만 대관절 이해가 안 되는 게 있었다.

학살자는 분명히 중상을 입었다고 했다.

칼에 찔려 피를 콸콸 쏟아냈다고.

한데 학살자는 좀비조차 아랑곳하지 않고 계속해서 움직였다.

그에 의해 많은 이가 죽었다.

모든 이의 머릿속에 든 생각은 하나였다.

'놈은 괴물인가?'

어쩌면 사람이 아닐 수도 있다는 생각!

좀비조차 그가 조종하는 게 아닐까 하는 의구심.

"학살자라는 게 대체 누구냐고!"

그 끝에 누군가가 외쳤다.

당연한 일이었다.

학살자가 중상을 입었다는 이야기를 전했던 자도 끝내 경기를 일으키며 죽었다.

사람들이 학살자에 대해 접할 수 있는 건 오로지 허공에 뜨는 글자뿐.

몇 명이 죽었다는 글귀뿐이었다.

결국 그가 사람인지 괴물인지조차 아는 사람은 아무도 없었다.

아무도…….

비탄이 피에 절었다.

끊임없이 피가 묻었기에 흡수하는 속도가 따라가질 못했다.

뚝. 뚝.

검신을 타고 흐르던 피가 바닥에 떨어졌다.

하지만 이미 바닥은 피의 웅덩이가 만들어져 있었다.

무영의 모습은 혈귀(血鬼), 그 자체였다.

피를 갈구하듯 순식간에 다섯 명에 달하는 인원을 학살했다.

뭉치지 못하고 겁먹은 양이 다섯 마리가 있다고 해서 늑대를 당할 순 없는 노릇.

"이건 꿈이야……."

자리에 주저앉아 도망갈 의지조차 잃어버린 한 남자를 향해 무영이 비탄을 휘둘렀다.

서걱!

스르릉.

자연스럽게 비탄이 검집으로 들어갔다.

〈'학살자'가 200명을 죽였습니다!〉

〈솔로몬의 율법에 따라 '학살자'를 제외한 모든 이에게 '강인함' 축복이 부여됩니다.〉

〈2시간 31분 뒤 2층이 폐쇄됩니다.〉

〈생존 인원 257명〉

무영을 보스 취급하던 거로도 모자라 이제는 축복까지 걸어버린다.

마치 균형을 맞추려는 듯.

도살자 벤이 200명에서 학살을 멈춘 이유를 알 것 같았다.

'겁이 난 거겠지.'

제 목숨 아까운 줄 안 거다.

강인함 효과는 상태 이상, 저주 따위로부터 사용자를 지켜주며 그 과정에서 공포와 같은 마이너스 감정 또한 제거해 버린다.

두려움이 사라지면 먹이는 단순한 먹이가 아니게 된다.

냉철해진 이성으로 힘을 합치면 역으로 사냥꾼을 물어버릴 수도 있는 것이다.

'미치광이 군주의 반지를 얻는 조건은 채웠다.'

목적을 달성하면 보통의 사람은 멈추게 되어 있다.

무영이 탑에 입성한 궁극적인 목표는 미치광이 군주의 반지를 얻기 위해서였고 이미 그 조건을 달성했다.

여기서 더 나아가면 '학살자'를 죽이고자 탑이 무슨 짓을 저지를지 모른다.

하지만……

무영은 흥미가 생겼다.

만약 학살자가 불리해지는 조건이 만들어지지 않았다면 이쯤에서 그만두었을 터였다.

무의미한 살상을 즐기는 편은 아니었으므로.

그러나 50명을 죽일 때마다 50명 단위로 무영의 입지가 불리해졌다.

이게 단순한 균형을 위해서일까?

학살자가 탑의 모든 사람을 죽이지 않았으면 해서?

그럴 리가!

탑과 마계 모두 그토록 친절한 장소는 아니다.

'조건이 어려워질수록 보상 역시 좋아진다.'

불변의 법칙.

주어진 시련만큼의 보상을 얻을 수 있는 게 이 세상이었다.

문제는 그 과정에서 대다수의 사람이 죽어 나가는 것이지만 그래도 해볼 만하지 않겠는가.

제아무리 무영이 기억을 간직한 채 돌아왔다고 해도 정해진 길만 걸어선 마신과의 전쟁에서 승리할 수 있다는 보장이 없었다.

무영은 생존 인원 쪽으로 시선을 주었다.

'257명.'

사냥감은 충분했다.

'이건, 이건 있을 수 없는 일이야.'

콜린은 정신을 차릴 수 없었다.

작금의 상황은 그가 상정한 내용을 한참 뛰어넘어 버렸다.

그야말로 있을 수 없는 일이 벌어졌다.

'내가 죽는다고?'

작위를 부여한 사람들이 등을 돌리고 도망가기 시작했다.

애써 모은 인원의 절반이 흩어지거나 죽었으며 탑을 들어오기 전부터 콜린을 따랐던 10명 중 3명이 벌써 탈출했다.

최악의 상황.

죽음이 서서히 다가오고 있었다.

평생을 승리만 해온 콜린에겐 익숙하지 않은 일이었다.

영국의 왕자로 태어나 수많은 이를 부리며 군림해 오지 않았나.

하지만 적은 어떠한 권위도 통하지 않았다.

이대로 가만히 있으면 확실하게 죽는다.

클래스의 제약으로 인해 죽거나 학살자에게 살해당할 터.

하지만 저 괴물을, 그림자조차 밟을 수 없는 사냥꾼을 어찌 감당한단 말인가?

'도망…….'

다섯 명을 죽이는 것쯤이야 간단하다.

군림하는 자로선 결코 해선 안 되는 선택.

평생 해본 적 없는 선택을 콜린은 심각하게 고려하고 있었다.

입술을 훑으며 초조해하고 있을 그때였다.

〈'학살자'가 200명을 죽였습니다!〉
〈'학살자'를 제외한 모든 이에게 '강인함' 축복이 부여됩니다.〉

슈우웅.

바람이 불어왔다.

동시에 무언가가 몸에 입혀지는 느낌이 들었다.

거세게 뛰던 심장이 조금씩 원래의 박자를 되찾았다.

두려움으로 경직된 머리가 천천히 돌기 시작했다.

"어떻게 하시겠습니까?"

가죽 갑옷을 걸치고 메이스를 든 남자가 묻자 콜린이 말했다.

"……알베츠 공, 놈은 교묘하게 우리가 모여 있는 장소는 피하고 있소. 내 말이 맞소?"

"그렇습니다. 여태껏 죽은 자는 모두 도망간 자뿐이지요."

"말인즉, 놈도 우리가 모이길 두려워하고 있다는 뜻이오."

"실로 그렇습니다."

"사람을 모으시오. 지금부터 몰이사냥을 시작하겠소."

좀비의 출현, 학살자의 느닷없는 움직임으로 잠시 당황했지만 숫자는 이쪽이 훨씬 많았다.

얼추 100명.

원래는 이 두 배에 달했다.

작위를 모두 수여하진 않았지만 단기간 내에 이만한 숫자를 모은 건 그만큼 콜린의 수완이 뛰어나다는 걸 증명하였다.

할 만하다.

목숨을 위협하는 적을 만나본 적이 없어서 당황했을 따름이다.

'개 같은 자식, 감히 나에게 이런 창피를 주다니.'

잠시나마 겁을 먹었다는 걸 콜린은 인정할 수 없었다.

'반드시 죽인다. 너만큼은 무슨 일이 있더라도!'

바드득!

콜린이 이를 갈며 저 어딘가에 있을 '학살자'를 향해 살의를 드러냈다.

좀비들이 빠르게 줄어가고 있었다.

강인함 축복으로 어느 정도 두려움을 잊은 사람들이 반격을 시작한 것이다.

'모여라.'

이대로 놔둬봤자 각개격파만 당할 뿐이었다.

탑의 2층을 배회하던 좀비 30마리가 무영의 근처로 모였다.

그 과정에서 무영은 '콜린'이 몰이를 시작했다는 걸 깨달을 수 있었다.

넓게 퍼진 사람들이 조금씩 무영을 감싸듯 다가오는 중이었다.

'나쁘지 않은 선택이군.'

굳은 머리가 조금은 유해진 듯싶었다.

하지만 무영이 적의 의도를 알고도 가만히 당해줄 리 만무했다.

무영은 법보로 빙화의 해골을 불러들였다.

법보만 있으면 어디에 있건 소환하는 게 가능하다.

트드득. 트드드득.

빙화의 해골의 전신에 피가 덕지덕지 묻어 있었다.

입구를 지나가려는 자들을 수십 단위로 죽였으니 흔적이 남을 만도 했다.

그런데…… 그 순간이었다.

〈스킬, '죽음의 예술' 랭크가 E – D로 변경되었습니다.〉

〈죽음의 기운이 충만합니다.〉

〈변화가 시작됩니다.〉

콰득!

좀비들이 서로를 잡아먹기 시작했다.

눈 깜빡할 사이에 서른의 숫자가 열다섯으로 줄어들었다.

이윽고 다른 좀비를 먹어치운 열다섯 좀비의 몸집이 부풀어 올랐다.

피부도 초록색으로 변했다.

날카로운 손톱과 이빨이 돋아났으며 강력한 시체 독을 함유하게 되었다.

〈모든 좀비가 '구울'로 진화했습니다.〉

그 과정을 지켜보던 무영은 잠시 생각했다.

'빙화의 해골과 내가 죽인 숫자가 더해져서 스킬 랭크가 오른 건가?'

탑에 와서 무영이 보인 행동은 별게 없었다.

학살과 좀비를 만든 게 전부.

아무래도 두 가지 행위가 숙련도를 올리는 데 도움이 된 듯했다.

죽음, 그리고 예술의 영역이 따로 있는 것 같았다.

무영은 가만히 완성된 구울들을 바라봤다.

일반 좀비보다 몸집이 1.5배가량 컸으며 능력치가 대폭 상향된 상태였다.

'미안하게 됐군.'

구울은 좀비와는 비교할 수가 없는 괴물이다.

좀비 10마리가 있어야 구울 한 마리와 비견될까.

좀비가 그저 생각 없이 움직이는 시체라면 구울은 전투에 대한 감각이 있었다. 특히 손톱과 이빨에 스며 있는 독은 코끼리도 죽일 정도였다.

본의 아니게 엄청난 전력을 손에 쥐게 된 셈.

애써 전략을 짜고 들어오는 콜린이 무색해지는 순간이었다.

'이러면 일점돌파도 필요 없다.'

본래는 길 하나를 뚫어서 천천히 말려 죽일 생각이었다.

그러나 15마리의 구울이 있는 이상 그럴 필요는 없을 듯싶었다.

"따라와라."

키에엑.

크워어억.

무영이 앞으로 나서자 빙화의 해골과 구울들이 그 뒤를 따랐다.

콰앙!

무영은 자신에게 날아온 메이스를 쳐 냈다.

무기를 잃은 남자가 맨몸으로 달려들었다.

츠아악!

비탄이 깔끔하게 가슴팍을 베었다.

뼈마저 잘려 나갈 정도로 정교한 솜씨.

남자가 바닥에 몸을 눕혔다.

"흐아아아압!"

곧바로 풀 플레이트를 입고 대검을 든 남자가 앞을 막았다.

퍼억!

그러나 속도가 형편없다.

무영은 발을 걸어 남자가 균형을 잃게 만든 뒤, 플레이트의 미세한 틈 안으로 비탄을 찔러 넣었다.

스르륵.

정확히 옆구리를 뚫고 나온 비탄을 회수하자 꺽! 소리와 함께 남자가 허리를 꺾었다.

무영은 막는 걸 쳐 내며 그저 계속해서 걸었다.

누구도 무영의 발걸음을 저지할 순 없었다.

한꺼번에 달려들었다면 또 모르지만 이미 구울들이 주변 상황을 정리하고 있었다.

그리고 무영이 노리는 건 안전한 장소에서 보호받던 한 명이었다.

'콜린.'

한눈에 봐도 알 수 있었다.

지금까지 사람을 모으고 무영을 시험한 자가 이 남자임을.

바로 앞에 서자 콜린이 얇은 롱소드를 들었다.

"알베츠 공, 스윈 경······."

넋을 놓고 죽은 자의 이름을 되뇌던 콜린이 분노와 함께 발을 놀렸다.

"네놈만큼은 반드시 죽여 버리겠다!"

죽은 이들에게 동료애라도 느낀 것일까?

그러나 어설프다.

무영은 물 흐르듯 자연스럽게 롱소드의 궤적을 피했다.

기술만큼은 제대로 배운 듯 앞선 몇 명보단 정교한 실력을 가지고 있었지만 실전 경험이 풍부하지 않았다.

반대로 무영은 누구보다 많은 실전 경험을 가지고 있었다.

롱소드의 간격 안으로 한참을 들어간 무영이 한 치의 망설임도 없이 비탄을 휘둘렀다.

서걱!

〈'학살자'가 300명을 죽였습니다.〉

〈'학살자'를 제외한 모든 이에게 '수호'의 축복이 부여됩니다.〉

〈'학살자'는 마지막 인원을 죽이기 전까지 탑을 빠져나갈 수 없습니다.〉

〈2층이 폐쇄되었습니다.〉

〈생존 인원 102명〉

인원은 빠르게 줄어갔다.

가장 많은 군집을 이뤘던 콜린이 죽자 너 나 할 것 없이 탈출을 위해 서로를 찔렀기 때문이다.

하지만 남아 있는 사람들도 있었다.

탑의 축복은 두려움을 잊게 하고 남은 이들이 뭉치도록 만들었다.

200명째에선 '강인함' 축복을, 250명째에선 '불굴'의 축복을, 그리고 300명째에선 마침내 '수호'의 축복까지 내렸다.

'가지가지 하는군.'

수호의 축복 문구가 뜬 걸 보곤 무영은 작게 혀를 찼다.

어지간한 고위 사제가 아니면 사용할 수 없는 권능이었다.

페널티 아닌 페널티도 생겼다.

결국 무영이 죽거나 다른 모두를 죽여야만 탑에서의 승부가 끝난다는 뜻이다.

이제는 포기할 수도 없었다.

물론 포기할 생각이 없기는 했지만…… 극단적이다.

'승자독식.'

남은 이가 모든 걸 먹어치우는 구조.

무영에게 있어선 매우 익숙한 방식이었다.

원래부터가 극단적인 세계 아니었던가.

고개를 돌려 구울들을 바라봤다. 처음 15마리밖에 안 됐던 구울이 그사이 30마리로 늘어나 있었다.

특이한 건 구울의 피부 표면에 약간 어두운 오로라 같은 게 끼어 있다는 점이었다. 그리고 그 중심에는 유독 까만 구울 하나가 존재했다.

'다크 구울. 왕자와 가신들이라.'

다름이 아니라 콜린을 언데드화시키자 저처럼 변한 것이다. 떨어진 머리가 붙으며 휘하 30마리의 구울을 강화시킬 수 있는 능력이 생겼다.

무영이 콜린의 시체로 만든 다크 구울을 바라보자 그에 따른 정보가 상태창 시계 위로 떠올랐다.

이름: 다크 구울(왕자와 가신들)

레벨: 56

성향: 구울

힘 65(60+5)

민첩 60(55+5)

체력 55(50+5)

지능 44(39+5)

지혜 46(41+5)

어둠 오라(지정된 30마리의 구울이 가진 모든 능력치를 '5' 강화시킨다)

빛에 대한 적당한 내성

시력 상실(우월한 청각)

다크 구울 역시 모든 능력치가 5씩 올라간 상태였다.

괄호 앞의 숫자는 더해진 최종 값을 보여주는 것이니 단순 능력치만 따지자면 무영보다 높은 셈이었다.

전투에 있어서 능력치가 모든 기준이 될 수는 없지만 적어도 객관적인 한 가지의 지표는 되어줄 수 있다.

'생각지도 못한 걸 건졌군.'

콜린이 이만한 언데드로 완성될 줄은 무영도 예상하지 못했다.

그만큼 콜린이 가진 이야기가 압도적이었다는 것일 테다.

뿐만 아니라 '왕자와 가신들'과 같이 다수 표현이 되어 있는 덕택에 31마리의 구울을 한 장의 법보로 만들 수 있었다.

탑이 무영을 견제하고자 남은 인원에게 온갖 축복을 걸어도 과연 이 언데드 무리를 막을 수 있을지 의문이 들었다.

크릉.

다크 구울이 넙죽 바닥에 엎드려 귀를 쫑긋 세웠다.

시력을 잃은 대신 그 이상의 청력을 손에 넣었으니 미세한 소리조차 잡아낼 수 있었다.

키에에엑!

좀비와 다르게 자의적인 판단이 가능한 다크 구울이 곧 괴성을 내지르며 사냥감을 향해 달려가기 시작했다.

그 뒤를 서른 마리의 구울이 따랐다.

'그럼…….'

무영도 놀고 있을 수만은 없었다.

슬슬 싸움을 끝낼 때가 왔다.

350명부턴 별다른 축복이 부여되지 않았다.

300명 이상을 한 명이 학살할 수 있으리라곤 상정하지 못한 걸까?

그저 생존 인원이 몇 명이며 얼마나 많은 인원을 학살했는지 정도만 알 수 있었다.

무영은 그럼에도 무덤덤했다.

탑의 입장 조건 자체가 '살인'을 해본 사람이었다.

또 누군가를 죽이고자 들어온 이가 대다수다.

그렇지 않은 이들이 포함되어 있대도 그들을 돌볼 여유는 없었다.

주저해선 안 된다.

오로지 앞으로만 나아가도 부족하다.

무영이 상대해야 할 적은 너무 많고 강했다.

'396명.'

최악!

무영은 비탄에 묻은 피를 한 차례 크게 털어냈다.

〈생존 인원 0명〉
〈'학살자'가 승리했습니다.〉

더 이상 주변에 살아 있는 이는 없었다.

무영은 시체들 사이로 걸었다.

'네 명이 부족하다.'

왜인지 아쉬웠다.

숫자가 깔끔하게 떨어지질 않았다.

50명 단위로 축복이 부여된 것처럼 보상 또한 50명 단위로 바뀔지 모른다는 생각이 든 것이다.

그러나 더 이상 살아 있는 사람은 없었다.

아쉬움에 비탄을 검집으로 집어넣을 그때, 글자가 조합되며 떠오르기 시작했다.

〈불가능한 일을 거의 이뤄낸 자여! 솔로몬의 율법에 따라 굉장한 보상이 주어집니다.〉

'거의 이뤄낸 자?'

전번 데스 로드 클래스를 얻었을 때와는 분명히 다르다.

당시에는 굉장한 보상이 아니라 특별한 보상을 받았다.

역시 400명이 안 돼서 그런 건가?

50명 단위의 보상이니 396명을 달성했대도 350명의 보상을 받는 듯싶었다.

무영은 혀를 찼다.

가만히 보상을 기다리자 이번엔 생각지도 못한 이야기들이 눈앞에 비쳤다.

〈'데스 로드'가 반대 의견을 제시합니다.〉

〈이면의 주인들이 새로운 관점에서 심사를 시작합니다.〉

〈황천의 지배자, 정령군주, 12궁도의 별, 킹 슬레이어가 찬성했습니다. 나머지 6명은 기권했습니다.〉

〈찬성한 이면의 주인들의 숫자만큼 결과가 더해집니다(396+4).〉

〈불가능한 일을 이뤄낸 자여! 특별한 보상을 획득할 기회가 주어졌습니다!〉

보상이 변했다.

불가능을 거의 이뤘던 가까운 업적이 불가능을 이룬 업적으로 변한 것이다.

이런 적은 지난 40년을 통틀어서도 없었다.

하물며 보상을 변화시킨 주범이 '이면의 주인들'이라니.

데스 로드를 제외한 나머지는 들어본 적조차 없는 생소한 이름이었다.

'신이 되지 못한 율법의 관리자.'

솔로몬은 죽었으나 그 대신 율법을 남겼다.

그것을 관리할 자로서 이면의 주인이란 이들이 존재한다는 건 멀린과의 대화로 알 수 있었다.

하나 멀린조차도 이면의 주인에 대한 자세한 사항은 알지 못했다.

그건 어쩌면 멀린보다 이면의 주인이 더 윗선에 있는 존재이기 때문인 건 아닐까?

무영은 그들이 몇 명인지도 이번 기회에 알게 되었다.

'11명.'

찬성이 넷, 기권이 여섯이다.

여기에 데스 로드를 더하면 단순 계산으로 11명이 된다.

하지만 이면의 주인 11명이 단순한 관리자는 아닌 듯싶었다.

그들의 정체에 대해선 모든 게 오리무중이지만 데스 로드가 무영을 택해 관련된 클래스를 얻었듯이 다른 이들도 누군가를 택할 수 있을 것이었다.

로드 클래스 데스 로드.

죽음의 예술 스킬로 만들어진 언데드는 일반적인 틀을 넘어섰다.

숙련도에 따라선 어지간한 시크릿 클래스조차 비견할 수 없을 파괴력을 선보일 터.

나머지 9명의 관리자와 관련된 클래스를 얻어도 마찬가지이리라.

무영은 살짝 눈에 힘을 준 채 떠오르는 글자를 주목했다.

〈'미치광이 군주의 반지'를 획득했습니다.〉
〈'미치광이 군주의 투구'를 획득했습니다.〉
〈'미치광이 군주의 망토'를 획득했습니다.〉
〈킹 슬레이어가 자신의 애마(愛馬)를 선물합니다.〉

곧 무영의 손 위로 붉은 반지와 투구, 망토가 생성되었다.

좌아아아악!

히이이이잉!

그 옆에서 공간이 갈리며 신장만 3m에 가까운 거구의 말이 튀어나왔다.

발굽과 꼬리, 갈기가 청염으로 이글대고 있었다.

까만 피부와 페가수스처럼 커다란 날개를 가지고 있었는데 녀석을 본 순간 무영은 본능적으로 검을 꺼내려고 했다.

'최상위의 괴물……!'

최상위급이라 말하는 괴물은 마계에서도 얼마 없다.

용과 혼마의 일족들, 거인, 히드라 등이 그렇게 불렸다.

그리고 지금 무영의 앞에 선 지옥마는 용족과 비견할 만한 마력을 발산하고 있었다.

그저 마주하는 것만으로도 전신이 저릿했다. 숨을 쉬기 힘들어졌으며 모든 모공에서 땀이 줄줄 흘렀다.

사원의 괴물은 아무리 강해봤자 하급을 넘지 못한다.

다크 구울 정도가 겨우 중급에 턱걸이를 하고 있는 수준이었다.

그럴진대 난데없이 최상위의 괴물이 나타났다.

무영이 아닌 다른 이들이었다면 진즉에 기절했을 것이다.

지옥마가 무영을 내려다봤다.

히이이잉!

이어 거칠게 콧김을 내뿜었다.

〈'지옥마'는 자신보다 약한 사용자를 주인으로 인정하지 않습니다.〉

〈대신 원할 때 세 번을 도와주겠다며 제안합니다.〉

〈받아들이시겠습니까?〉

〈거부할 경우, 사투가 시작됩니다.〉

〈사투에서 승리하면 주인으로 인정받을 수 있습니다.〉

최상위급의 괴물 한 마리면 어지간한 길드와 세가가 통째로 쓸려 나간다.

지금으로선 무영이 모든 수를 동원해도 지옥마를 어찌할 수 없다.

어쨌든 살의는 느껴지지 않았다.

무영은 빠르게 안정을 되찾았다.

기세 속에 녹아드는 건 무영의 주특기 중 하나였다.

순식간에 원래의 호흡을 되찾는 걸 보고 지옥마가 투레질을 하며 의외라는 눈빛을 던졌다.

"받아들이마."

히이이잉!

생각 잘했다는 듯 지옥마가 날개를 활짝 펼쳤다.

딴에는 자신이 득을 봤다고 생각하는 모양이었지만 무영도 의도가 있었다.

'충분해.'

초반에 얻을 수 있는 보상으로는 오히려 차고 넘친다.

최상위의 괴물을 거저 얻는 건 사실상 불가능한 일이다.

마룡을 길들인 용군주도 수십 번의 죽을 위기를 넘기고 연계된 열 개가 넘는 업적을 달성한 다음에야 이뤄낼 수 있었으니까.

당장은 세 번의 도움이면 족했다.

그것만으로도 어지간한 길드 하나가 통째로 움직이는 것과 같았다.

세 번의 기회는 사용하기에 따라서 엄청난 기회로 작용할 수 있었다.

그리고 무영은 누구보다 그 기회를 잘 사용할 수 있는 사람 중에 한 명이었다.

'위험한 지역을 돌아볼 수 있겠군.'

당장 떠오르는 건 '헤들리의 소'다.

온갖 모습으로 변하는 요정.

마지막엔 불사조로 변신한다. 그 모습으로 변신한 헤들리의 소를 잡을 수만 있다면 어마어마한 이득을 취할 수 있다.

이동의 법보가 있더라도 마신의 영역에 있어서 엄두를 못 냈는데 그 시기를 앞당길 수 있을 듯했다.

외에도 지옥마를 활용할 몇 가지 기억이 떠올랐다.

'3번의 기회를 모두 사용하기 전에 이기면 그만이다.'

또한 세 번의 기회를 모두 사용하기 전에 무영이 그만큼 성장하면 그만이었다.

아니면 이길 방법을 강구하거나.

수는 많았다. 단지 시간이 걸릴 따름이다.

무영은 지옥마를 길들이는 걸 '기정사실'로 여겼다.

'앞으로 이틀 후, 마계로 향하는 게이트가 열리지.'

상념을 덜어내고 고개를 주억거렸다.

25일 차에 탑이 떠올랐다.

고작 3일 만에 시련을 돌파하여 기대 이상의 보상을 얻었다.

이 정도면 앞으로 이틀 뒤 발을 들일 마계에서도 충분히 할 만하다.

살수림, 윙 청린의 마수로부터도 벗어날 수 있을 것이었다.

'결코 과거를 되풀이하진 않으리라.'

과거에는 반항조차 하지 못하고 납치당했다.

이후 온갖 약물과 세뇌로 인해 완전무결한 살수가 되었다.

40년간 아무런 의미도 없이 기계처럼 살아갔다.

당한 건, 한 번이면 족하다.

무영은 이를 악다물었다.

〈모든 조건을 완료했습니다.〉

〈탑의 바깥으로 전송이 시작됩니다.〉

휘이이이이이잉-!

곧 환한 빛이 무영을 감쌌다.

to be continued